*Chronique japonaise*

旅 行 之 道

# 日本笔记

［瑞士］尼古拉·布维耶 著

治棋 译

生活·讀書·新知 三联书店

*Chronique japonaise*
Nicolas Bouvier

©1989, Editions Payot, ©2001, Editions Payot & Rivages
Chinese edition published through Dakai L'agence

Simplified Chinese Copyright © 2021 by SDX Joint Publishing Company.
All Rights Reserved.
本作品简体中文版权由生活·读书·新知三联书店所有。
未经许可，不得翻印。

**图书在版编目（CIP）数据**

日本笔记／（瑞士）尼古拉·布维耶著；治棋译．—北京：
生活·读书·新知三联书店，2021.6
（旅行之道）
ISBN 978-7-108-07096-8

Ⅰ.①日… Ⅱ.①尼… ②治… Ⅲ.①游记-作品集-日本-现代 Ⅳ.①I313.65

中国版本图书馆 CIP 数据核字（2021）第 036380 号

| | | |
|---|---|---|
| 责任编辑 | 曾　诚　颜　筝 | |
| 装帧设计 | 康　健 | |
| 责任校对 | 安进平 | |
| 责任印制 | 宋　家 | |
| 出版发行 | 生活·讀書·新知 三联书店 | |
| | （北京市东城区美术馆东街 22 号　100010） | |
| 网　　址 | www.sdxjpc.com | |
| 图　　字 | 01-2020-5462 | |
| 经　　销 | 新华书店 | |
| 印　　刷 | 北京隆昌伟业印刷有限公司 | |
| 版　　次 | 2021 年 6 月北京第 1 版 | |
| | 2021 年 6 月北京第 1 次印刷 | |
| 开　　本 | 889 毫米×1194 毫米　1/32　印张 8.25 | |
| 字　　数 | 168 千字 | |
| 印　　数 | 0,001-5,000 册 | |
| 定　　价 | 49.00 元 | |

（印装查询：01064002715；邮购查询：01084010542）

## "旅行之道"丛书出版说明

"道"是道路、旅途，通向一个不同于日常生活的新世界；"道"是习俗、方式，蕴含着不同文明的历史文化；"道"是经验、阅历，是让自己的生命与陌生的生命融合，诞生新的生命体验；"道"是言说、倾诉，游走过的、经历过的，都以文字和画面展现。

这套小丛书化用瑞士作家尼古拉·布维耶（Nicolas Bouvier）《世界之道》的书名，为读者介绍现当代旅行文学经典，刻画不同文化的风貌。每部作品都蕴含着对旅行的人文关切，以期为读者呈现不同的旅行之"道"。相信不同阅读者的解读与个人经历相碰撞，会产生新的感悟，从而构筑自己的"旅行之道"。

生活·讀書·新知 三联书店

发生在我们眼前的一切尚且能够引发最具欺骗性的谣言,更何况是发生在某个远在九霄云外的国度里。

——上田秋成

朦胧马背眠

残梦伴月天边远

——松尾芭蕉

# 目　录

一　　　灰色笔记本　　　　　　　　　　1

## I　幻灯

二　　　零年　　　　　　　　　　　　　7
三　　　倭国之岛　　　　　　　　　　　16
四　　　"我法东流……"（佛陀言论）　22
五　　　秋夜寻梦　　　　　　　　　　　28
六　　　灰色笔记本　　　　　　　　　　34
七　　　热那亚，一二九八年　　　　　　38
八　　　梵蒂冈　　　　　　　　　　　　45
九　　　灰色笔记本　　　　　　　　　　70
十　　　德川治世　　　　　　　　　　　77
十一　　重现的时光　一八五四——一九四四年　81
十二　　裕二的诉说，或者一堂有关
　　　　"虚无"的课　　　　　　　　　96
十三　　华盛顿，一九四四——一九四五　105

## II 一九五六年,猴年

| 十四 | "万事通" | 111 |
| 十五 | 荒木町一带 | 120 |
| 十六 | 墙脚 | 137 |

## III 祥云阁,一九六四年

| 十七 | 大德寺 | 147 |
| 十八 | 灰色笔记本 | 160 |

## IV 月亮的村庄,一九六五年

| 十九 | 月村 | 165 |

## V 失忆之岛

| 二十 | 北海之道 | 185 |
| 二十一 | 灰色笔记本 | 197 |
| 二十二 | 阿伊努人 | 200 |
| 二十三 | 襟裳岬 | 219 |
| 二十四 | 网走博物馆 | 228 |
| 二十五 | 来自千岛群岛的低气压 | 233 |
| 二十六 | 稚内 | 238 |
| 二十七 | 灰色笔记本 | 243 |
| 二十八 | 灰色笔记本 | 248 |
| 二十九 | 再见 | 252 |

# 一　灰色笔记本

寻找住处

一九六四年二月二十四日于京都

傍晚的时候，刚参观过一座古老的住宅，这所从前的领主住宅阴森而美丽，在京都的东南方偏安一隅，比宇治还要远。一对早已一文不名的老贵族出租他们这所豪宅的一个侧翼。男的瘦骨嶙峋，破旧的粗呢上衣里面，是一件灰色法兰绒内衣，酷似苦力们穿的工作服。女的，几乎同样瘦削，眼窝深陷，眼神热切，那张脸像揉皱的绢纸，蜷缩在素雅而华贵的和服领子里。我们穿着西装，围着火盆坐在冰冷的房间中央，火盆里有几块小小的木柴，煮着一点点苦茶。推拉门外，有一个小池塘，还有一座毫无生气的花园，地上一片叶子都没有。不知道是在下雨还是在下雪，只知道春天不会说来就来。石板、青苔、树木，还有席子上被拖鞋磨出的亮色映衬出冬日的天光——"我喜欢听家里有孩子玩耍的声音",老头这样说道。话语打破了漫长的寂静,随即众人再次陷入安静。而另外两位女性(除去老妇人,家里还有一位女管家,也可能是一位相当傲慢、不讨人喜欢的儿媳妇)则缓慢地鞠躬致意。感觉好像造访的是一个死人之家,而且还是被海水淹死之后又特意漂上来的死人。从我们一进门,那个带我们来看房的房产中介就开始兴奋、躁动,认识我们才一小时,就一个劲儿地吹捧我们,吹嘘这所华而不实的房子如何如何好。套了半天近乎,我们听到的只是从他镶了金牙的嘴里发出的极其响亮的出气声。没人听他说什么,也没人把他的话当回事。在座的这些人无不谈吐得体、举止文雅,他们都恨不得把这头蠢猪从这场交易洽谈中赶出去!

……冷,冷得真够劲儿,这里的人算是尝到了冷的滋味:寒冷让日本的音乐都带着颤抖,何况树木!枝杈扭曲盘卷,仿佛在抽搐痉挛,似乎已经冷彻骨髓。舞台上、版画中,各种各样的人体姿态让我们过目难忘:勾肩耸背,缩成一团,唯一的目的就是防止身体热量过快流失……

说好等我们的出租车不见了踪影。沿街而上的时候,我在一家食品小店里找到了那个司机,他正缩在腌酸菜和萝卜的坛子堆里昏昏欲睡,那些坛子在徐徐降临的夜色中冒着腾腾热气。

回京都的这条路我曾经徒步走过,说话已经是八年前的事了。当时,我用了六到七个星期,从京都一直走到这里。今天实际上一直在田间穿行的这条路,当时只是在帝国时期修成的断断续续的老路。每到入夜,我就到孤独矗立在纪伊半岛上的小村庄和田间小庙的屋檐下忍上一宿:就这样,我边赶路边打工,用这种方式不可思议地走到了这个古老都城的郊区。这里首先看上去很像一座城市,它拥有六百座寺庙和长达十三个世纪的历史。我的记忆清晰得就像昨天:六月的热雨淅淅沥沥,淡绿色的高大树冠在明晃晃的灰色天空下摇曳。这些当年的树木如今已被涂上层层白雪。总感觉从上次光顾到此次造访之间的这段时间里,我就像没活过似的。我很想知道,眼前的情景和我本人究竟谁的变化更大。

# I

## 幻灯

## 二 零年

今天，每个人都可以闭着眼睛在地图上为你指出日本群岛的位置。而我们不太知道的是，它是如何占据这个位置的，同样不知道的是，日本人究竟是从什么地方掉到这里的。

是直接从天上掉下来的。

不管怎么说，这是《古事记》和《日本纪》①上白纸黑字写着的。在公元八世纪初遵照天皇命令所编纂的这些史书里，汇集了这个国家所有的古老传说，这些传说构成了神道教信仰经典的主要内容。

一个民族诠释其存在理由的方式有时会传承得与它存在的历史一样长久。在对这种怪异的、天真的、断续的起源论进行粗线条的分割之后，我们终于知道，日本人是如何看待自己降生地球的方式的，也知道了他们描述自己的第一部历史是什么样子的。

---

① 即《日本书纪》。——编者注

在这一"创世"之初,"圣言"还不存在,只有一层淤泥怡然漂浮在混沌之中。后来,清者和浊者相互分开,形成上界和下界。天上游荡着一系列的"Kami"(神),他们既无祖先也无后代。严格地说他们什么也不做,因为他们的行为还找不到载体。

下界到处都是水,根本无处下脚。直到有一天,两位生活在初始时代的神突发奇想,用矛尖把海水、淤泥搅和到了一起。这两位神是一对兄妹。他们是日本的创造者,学校里的所有小孩子无不知晓他们的名字:伊耶那岐命(Izanagi,发出引诱的哥哥)和伊耶那美命(Izanami,发出引诱的妹妹)。被搅动的海水越来越稠,有一滴浓汁顺着长矛掉了下去,在濑户内海形成了第一个岛屿。哥哥和妹妹降到岛上,打量彼此的身体,妹妹发出了挑逗,居然……他们开始"互相引诱"。"在庄严的婚礼上,他们以庄严的部位彼此结合",并生出了三个怪胎,因为女方如此主动是不合时宜的。(无论做什么事,日本男人都会慢上那么一拍。)当着一只鹡鸰的面,他们重新照样来过,鹡鸰用尾巴帮他们殷勤地打着拍子,这一次,做妻子的妹妹产下了日本的八个岛屿。(于是有了八个化为肉身的神,首次交配不仅没有痛楚的感觉,也没有内疚或廉耻的概念,在刻意摆出的一副顺从姿态中,女人被放到从属的地位,从此,便要听任他的随意摆布。至于那只打节拍的鸟,它完全相当于我们《圣经》里的那条蛇——至少我这么认为。)

在产下为数众多的神子神孙后,这位女神又生下了火神,但她自己却被火烧死了。做丈夫的哥哥痛哭流涕,追到黄泉去找她。他得到的许诺和俄耳甫斯得到的一样:她肯定会跟他回去,条件是他不能回头张望。他忍耐不住,还是回头看了一眼:看到的却是一具污秽不堪的身体,每个器官里都长满不洁的生灵。伊耶那美命因在这种状态下被他撞见而盛怒不已,便派这个地下世界能找到的所有黄泉丑女对哥哥穷追不舍。他向追兵投掷桃子(其实桃子本来是能给人带来好运的),将之打散得以脱身。最终,上气不接下气的他搬来一块巨石,堵住了黄泉的出口。从这个障碍物的另一侧,传来了他妹妹怒气未消的声音:

"我亲爱的兄,因为你如此行为,我当每日把你的国人扼死千名。"

"我亲爱的妹,你如这样,我每日建立产室千五百所。"(找个礼拜天,坐坐东京的地铁,你就会发现,他确实信守了他的诺言。)于是,为了说明他所言不虚,他吐了口唾沫,生出了"唾之神"。

然后,他一刻没有耽搁地跳进一条小河,洗净了从地狱带来的污秽。他所脱下的每一件衣服都变成了不同的神,他所洗净的每一个部位又生出了其他的神:鼻子里生出了乱暴神须佐之男,右眼生出月神,左眼(无论是在中国还是日本,始终是以左为尊)则生出了天照大神,她不仅是掌管日光的女神,而且也是皇室的祖神,在神道教的芸芸诸神中最为尊贵。

当时,太阳第一次从一个诸项重大生命法则(人们终归要出生、要死亡、要成长)已经获得解释的日本冉冉升起。

天上的神责成乱暴神须佐之男统治大地。令众神沮丧的是,他很快变成了一个败兴者、一个恶棍、一个流氓。他破坏稻荷神的堤坝，放他的马匹进入稻田吃草，任由田野荒芜，甚至降下暴雨，令一切未能与来世牢牢勾连的生命尽数死亡。因不满于被流放下界，他又用他的粪便玷污了姐姐的宫殿，扔进一具剥了皮的马驹尸体，种下纷争的种子，令自己变得百般可憎。各种过激行为在日本史书中的记载早已充斥纸页。这位大地统治者的目的，很可能是要让他的地上王国注意到，天庭如何让他意气难平。所以冲突必然发生，这位神的极端行为也在所难免。至今仍在供奉他的神社如此之多，足以证明人们对他并无怨恨。他的所作所为与其说是决心一坏到底的性情的反映，不如说是大地最基本能量的体现，一种"即便是岩石、树木和小草也会嗜好暴力"的粗拙本性的愤声抗辩。为了找准自己的平衡、拥有自己的形态，这个孩提世界需要获得上天的全部力量。只是他做得太过分了。受到他的挑衅的冒犯，天照大神隐身于一处洞穴，令万物陷入黑夜，也令天上的神陷入困惑。

于是大家聚集到洞穴前面，无休无止地商议究竟应该怎样做才能迎来女神的复出。对于这场秘密集会的记述流露出一种不经意的滑稽，因为（在看到具体文字之前），我们从这次集会行为中看出了日本人对变故以及变故所需决策所怀有的恐惧。这些"神"无一不是这个还很稚嫩的世界最朴素的主宰。如果说，他们随时准备带着某种陶醉的状态化身来到这个世界，不管是化身为一个星座、一座山峰，还是一道霹雳，我们都能明显感觉到，算计与策略并非他们的强项。于是，他们交代掌管思想的神用心起草一份计划：尽管大家为他赋予了种种才能，他所提交的计划仍然显得杂乱无章,令众神十分恼火。必须征得所有人的同意,照顾所有人的情绪,打消所有人的疑虑。在日本(就像在天上一样),类似这样的事情从来都不会轻而易举,一蹴而就。最终,按照专家的建议,天上的神造了一面镜子,决定用一头雄鹿的肩胛骨进行占卜,把表示认错的礼物挂满所有的树木。他们让所有的鸟儿在同一时间齐声歌唱,好让受到冒犯的女神误以为另有一个太阳已经升起,用以刺激她的嫉妒心。但他们的诡计全都以失败告终,洞穴的大门始终紧闭不开。

作为最后一招,欢笑女神在聚集的神面前跳起了一种神圣的舞蹈;她很快着迷于自己的节奏,像女祭司一样撩起自己的衣服,开始大胆地展示自己。观众们发出的一阵大笑终于引出了不甘隐居的天照大神。她那受到处罚的弟弟被重新派往大地,万物在重现的光明中继续生长。

萌芽的种子无处不在。在神的世界,万物出生于万物,没有下不下流一说。所有属于神力之物,气息、血液、唾液、便溺,均能产生渐渐投身这个物质世界并净化其情志的其他神。他们数不胜数,无论是天上还是地上,无论显赫还是卑微,无论强大还是弱小,无论是一座火山还是一片丛林的"名义"所有者。某些神安稳地活在神话之中,另一些神则在尽了几分薄力之后就烟消云散。关键是要有足够多的神来激活有用的或能吃的东西(包括梳子神、水壶神、蛤蜊神,甚至稻荷神),圣化每一种自然之力,充盈日本土地上的每一寸地域、每一根树桩、每一股洪流,来为每一个行业团体(包括酿酒甚至密探之神),为以后的人类氏族提供一个神圣的守护神，来抵消仍然在以汹涌势头不断上升并且"像五月月光下的苍蝇般蠢蠢欲动的"邪恶力量。

为了充分保证秩序，天照大神派遣她的孙子迩迩艺命带着一把佩刀、一盒珍宝和一面神镜出掌地面事务。下凡来到九州岛后，这位年轻的神子遇见一位山神，山神不仅打算帮助他，还想把自己的长女许配给他。山神的长女是一位相貌可憎的冬季之神，但能让人长生不死。他放弃了这个机会，为美貌而选择了妹妹，也因此获得死亡的权利。（如此一来，天与地交合一处，而这就是日本统治者虽然天命显赫，却依然像其臣民一样终有一死的原因所在。）

又过了两代人，人类后裔的第一位皇帝神武天皇完成对大和民族的征服，建立日本国。时间极其精确（不如说极富神话色彩）：公元前六六〇年二月十一日。

很长时间里，虔诚相信其优越与独一神圣天性的日本人，只会把外来人视为"洋鬼子"。很长时间里，外国人的本能反应就是对这锅民族传说的大杂烩予以尽情奚落，认为这样的传说简直就是驴唇不对马嘴、幼稚、荒唐，或者说猥亵。十八世纪时，德国旅行家肯普弗（Kaempfer）在尽最大努力调查了各民族的起源之后，总结道："……简单地说，神道教诸神的全部体系形成了一个如此滑稽的、充斥着奇谈怪论的组织结构，以至于以研究诸神为己任的日本人自己都羞于向他们的信徒披露那些荒谬行为，更别提向佛教徒或其他宗教的成员进行表露。"等你看到后面，我猜想你一定会认为他说得不无道理。

其实就是习惯差异与纬度高低的区别。不管怎么说，一个在马厩里诞自处女之身的半神半人，先是靠一头驴和一头牛来取暖，继而又出于一位慈爱父亲的意志与两个强盗一起被钉在两根木梁上……你可以设身处地地替任何一个日本人想想，他听到这个我们如此熟悉的故事会做何反应！

肯普弗补充道，在这部神话中，他找不到"任何能回答好奇者提出的与诸神本质和天性有关问题的内容……"确实，不大能看出逻辑的脉络，更毫无悲剧色彩可言。但他忘了：

——这里没有原罪：没有污染，也没有为了摆脱污染而进行的净化；

——这里没有苦行：没有"洁净的行动"，因为重要的是如何像一面清亮的镜子一样反映事物的快乐层次；

——这里既没有伦理也没有道德，因为日本人的"神圣"起源自然而然地决定了他们需要掌握的品行操守，但有仪式、礼节和规范；

——这里既没有教义也没有"理性的论证"，但有同时罗列诸神与诸物的连祷，因为诸神与诸物保证了你的享受：

尊贵的十字路口之神

铁石山之神

泥土之神

右手之神

温泉之神

水稻生长之神

等等,每天都要在神社中念诵,给你的感觉就像在听一个小富之人(日本可是一个十分节俭的国度)在惊讶与感激中一遍又一遍地数着他仅有的几个小钱;

——这里没有《哀悼经》(*De Profundis*),因为,如果在一截树干或者一块悬岩下面有某种善意的存在听你念叨,人们首先想到的是感谢他的出现,其次才会想到顺便让他帮个什么小忙;

——这里既没有惩罚,也没有受难,既没有封住嘴巴的梨形刑具,也没有地狱,也没有必须用一句祈祷和几个饭团予以满足的,一小撮头上没有光环、为恶魔做仆人的游荡神明。

说实话,这样的宗教真是够奇怪的!

那么,可以"回答好奇者提问"的还有哪些呢?还有就是对在仁慈的天神与其大地后裔之间所达成协议的生动记载,以及能证明协议存在的连绵不断的皇室传承。但尤其要提到的,是一种神秘而热诚的感恩仪式,它的表现形式不是教义,而是几乎每天都在神道教的神社中伴着鼓声、笛声、"古琴"(koto,一种平放的竖琴)声和小口风琴声跳起的舞蹈。这是一种古怪的音乐,仿佛是从大地下面、从树根和树干中掏出来的,相比之下,无论什么样的西方安魂曲(其复调曲式显然要高超得多)都显得既做作又世俗。对我们习惯了更丰盛的音乐调味品的耳朵来说,也许不够多变也不够和谐,但它却有一种如此明显的力量,听过一阵之后,我们就会忍不住转过头来,验证一下我们所倚坐的大树是否正一棵接一棵地排队迈向伊势的天照神宫。

从这些年代久远的源头直到一九四五年战败,日本皇室的地位也好、成员也好,无不曾经历多次大起大落。但官方始终坚持这样的说法:"作为天照女神后裔、拥有诸般美德的仁慈的天皇陛下……",并称日本人民也都具有神圣的本质。在此期间,从外部抵达这个国家的每一种影响力都会在这里遇到一个天、一个地和一种被无处不在的、粗俗而憨厚的神浸润出来的国民精神,外部影响力务必要与这三者保持绝对一致。

## 三　倭国之岛

公元前六六〇年二月十一日，是日本的建国纪念日，也就是开国节日。由一位以神为祖先的皇帝创建国家的说法不仅成为宗教事实，而且，如同这种说法一样，这件事本身就可以自圆其说。那么，为什么会是这个精确得几近刻板的日子，而且，没有任何史料来支持它呢？让我们就此求助一下中国人，在当时的那个年代，在世界的这个地方，唯有他们能够随时出版最新内容的书籍。

正是通过由汉至魏的编年史，天照后裔才从神话进入历史。不过证据极其不足，因为，中国在刚刚修好的长城保护之下，关注更多的是国内的广阔疆域。

此外，将它与日本分隔开来的那片海域堪称亚洲最凶险的海域之一，而中国人对航海又不太在行……但他们又是如此好奇，如此会做生意！在公元前二世纪，他们孤注一掷，漂洋过海登上了九州岛，想看看有没有办法卖点什么，买点什么，交换点什么。他们把这个国家叫作"倭国之岛"[1]或者"倭国"（Wa，很可能被解读成：矮人），并且发现这里分裂成了一大堆的小王国，通常都掌握在"祭司女王"的手里。她们通过法术和占卜树立权威，其中一些还自认为是汉人的附属。

中国人没有发现任何"神圣事件"的痕迹，而按照日本神话历史的说法，这些事件曾经引起这个国家长达好几个世纪的动荡。也没有统一的政权，更没有独霸天下的君主。如果中国人听到了什么有关"诸神之国"和"神圣皇帝"的说法，肯定不会不当作笑话而把这种自高自大的言行记录下来，因为对他们来说，显然只有一个天朝帝国——中国，只有一个天子——汉朝皇帝，五海四方都会在上天的意志之下臣服于他的浩荡天恩。无从知晓中国人在旅途中获得了怎样的收益，但很快，擅长航海的倭人便回了礼，到朝鲜沿海进行了一番劫掠和易货。公元五十七年，他们向中国派出一位真正的使节，为此后的一系列漫长交往打下扎实的基础。对此，中国人记录了如下见闻：

> 倭国密使的箭矢以骨为镞，他们身穿宽大的紧腰短上衣，由桑树皮制成，树皮的僵直与挺括让他们看上去很有风度。倭人的性情孤僻而高傲，除了喝醉米酒的时候。他们似乎生性嗜酒。

---

[1] 原文作 L'île de Wo。Wo 为"倭"的汉语读音，后面的 Wa 为"倭"的日语读音。——译者注

后来还写道：

倭人们有一位贞洁而能干的女皇，终日由一群仆从团团围绕，任何男性不得靠近。去世的时候，一百名男性随同前往墓地。他们把鹿肩骨架到火上，以从中看出神谕（这种做法在整个中亚都十分流行）。倭人的占卜师肮脏不堪，留着长发。倭人的水手刺有文身，以便在潜水采贝时吓唬海怪。

我们必须遗憾地指出，倭国死者的棺材只有一层，而且葬礼办得十分仓促。（显然，中国人对死者遗骸所给予的呵护与关照恐怕会令神道教徒难以理解，因为这样的处置会产生很多污染。）

再后来，到五世纪："他们学会了养蚕与种稻，但家中几乎不养水牛。长寿。"再次提到酗酒之事。再次提到着装的华丽，如此高雅的品位居然来自一个被视作不太开化的从属国的国民，似乎让中国人颇受困扰。这里第一次提到了一个民族的艺术感，这个民族后来成了世界上最重形式美的民族。

公元四七八年，一封用颇为得体的中文写成的书信由"大和国王兼朝鲜保护者"之手送到了中国朝廷。这是史上保存的第一份出自日本人之手的文字。

在此期间，倭人一直都在进步。神武天皇建国的时间很可能和九州岛最强大氏族之一征服大和的时间是一致的，亦即公元之初。西方与日本的历史学家（神道教徒除外）对这一问题的看法基本一致。统一大业继续进行。对朝鲜半岛三个王国的劫掠变为让其中之一成为某种形式的保护国，这个结果让日本人从他们被汉化的保护国那里获得了各种各样的知识。公元四世纪到六世纪，日本与朝鲜的关系日益密切，朝鲜船队满载手工艺人（养蚕的、酿酒的、打铁的、织布的、鞣革的、做陶瓷的）、文人和书籍的日本之行完全变成了一场"技术援助"。各种礼物价值不菲，其中就有用中文书写的孔子以及佛教的早期著述，我们后面还会看到。连裁缝的到来也被当成大事记录在册。

日本人对这些珍宝一星半点都没有放过。同样没有放过的还有一点一滴的时间。一旦学习工程启动，日本即表现出惊人的消化吸收能力，进展神速。帝国的执政者刻苦钻研这些文字，试图让中国的理念全部为社会与政权所用，好让江山坐得更稳。

公元六〇七年，杰出的圣德太子（今天每张一千日元纸币上都能看到他的头像和贝壳状的发式）将一位使臣隆重派往中国朝廷，有若干理由对这位使臣感到满意：他不仅是一个严谨的文人、一个虔诚的佛教徒，还是一位品行正直而且深得民心的官员、一位无可争议的地方统治者，在奈良附近修建的令人叹为观止的法隆寺充分彰显了他的建筑才华。他带给隋炀帝的书信是由"日出处天子"写给"日没处天子"的。收信人尽管性情极其温和，但看到这封信仍然瞪圆了眼睛：一个邻国如此平起平坐地对待他，这还真是第一次。日本使臣必须使出浑身解数才能妥善应对。作为一名造诣极深的汉学家，这位使臣深知,日本皇帝的这个称号是他的国家从中国借来的,借的时候连"特许证"都没有请求。听他一番闪烁其词之后,隋炀帝打发他带着礼物和一封友善的书信回了国,在这封回信中,彼此的尊卑又恢复了原有的秩序。对于这样的信息,使臣觉得最好还是让它失落大海(这样的可能性根本就不存在),而他的主子对个中原因猜得分毫不差,所以并没有记恨于他。何况,胆敢与即将进入盛唐时代的中国如此没大没小,这件事本身就令人不可思议,那可是举世从未有过的最辉煌、最有序的帝国呀。

几年以后,日本人又派出一支由八名文人组成的使团,其成员都是根据个人性格、学习热情,尤其是品德操守,用心挑选出来的。因为大海凶险。而他们想得挺好,觉得一艘满载"君子"的大船更有可能交上好运,从而安全抵达。如果十六世纪的航海家们按照这样的条件选拔,我们完全可以设想,欧洲与旧大陆、新大陆建立的联系会是怎样一番景象。只是说句实在话,那些航海家出海的目的并不是去学习,而是去抢劫的。

最早的几份皇室家谱建于五世纪。现在,我们就能更透彻地明了这些家谱的编纂者为什么要把王朝的起始拉回到蒙昧时代了。通过为神武天皇的继任者们赋予希伯来族长式的长命百岁,并且在此处或彼处添加一位一天在位时间都没有的"插班"君主,他们就可以填补历史的空白了。或许完全是出于一种本能的需要,想要淡化一下从"威武万寿之尊"沦为我们这种凡夫俗子或寺庙房顶上一片薄瓦的落差,凡夫俗子总是难免染上天花，而瓦片则会轻而易举地被一阵大风（当然是天降的神风）掀翻。但更有可能是为了把他们比我们欧洲人还要后起的文化多续上几个世纪，以免在中国这位长者面前总是脸红。

一个能把自己的世代传承计算到最原始混沌时代的民族是无法接受曾经被别人占过先机的事实的。

# 四 "我法东流……"（佛陀言论）

公元前五五七年，佛陀释迦牟尼出生，父亲是尼泊尔一个小国的国王。他一降生就向为他接生的稳婆提出最切中要害的劝告，着实令她们大吃一惊。

经过几年静思，他在一片澄明中悟到，这个世界只是一种幻相，我们的欲望把我们束缚于此，并将"八正道"传授给我们，以令我们超凡出世，破除轮回，往生到"涅槃"（Nirvana，一切众生不再喘息之地）的平和之中安息。他讲授尊重众生之道，留下各种说教（经典佛经），培养众多弟子，做完这些便死去了。天地万物悲痛欲绝，植物、昆虫、人众与兽众聚集在一起，守护他的遗骸。只有猫除外，那一天，它更愿意去"忙自己的事"，结果在整个信仰佛教的亚洲地区为自己打造了一个不忠不义的名声，至今还在延续。一千年后，或者说将近一千年后，即公元五五二年，日本的钦明天皇在他位于飞鸟（即明日香村附近一带，在奈良以南）的宫殿里打开了邻国朝鲜①国王刚刚送来的礼物。在各种丝绸物当中发现了好几卷佛教经书。他仔细检视，"欢喜踊跃（按照《日本纪》的说法），诏使者云，朕从昔来，未曾得闻如是微妙之法……"

仅仅通过一句如此直指根本的坦诚表态，钦明天皇便证明，六世纪的日本配得上这份专门送来的礼品。

在从佛陀出生到钦明受礼的这段时间内，佛教逐渐走向繁荣。几个世纪后它被逐出印度，又经由中国西藏或者阿富汗传到中亚，在希腊化的、马其顿的、密教的、中国的和——天知道——基督教聂斯脱里派的影响力的此起彼伏中发扬光大。

公元六四年，汉朝皇帝开始改信佛教。

到四世纪，轮到朝鲜。然后，传到最后一站，"佛教正法"进入了最后一个国家——日本。

在沿途所集泥沙的不断丰富下，佛教最终变成一种形态各样、复杂多变、丰富得不可思议的学说，内容从最下里巴人的敬神拜佛到最让人摸不着头脑的玄奥思辨，无所不包，亚洲人精神性的每一个方面都以这样或那样的角度从中得到了体现。

朝鲜国王在礼物中还附有一封信，大意是说："是法于诸法中，最为殊胜。此法能生无量无边福德果报，尽依情。"但他还补充道，此法"难解难入。周公（中国的所罗门式人物）、孔子

---

① 此处应指百济，原著作者对当时朝鲜半岛诸国未做细分，笼统称为朝鲜。——编者注

尚不能知，且亚洲各国依教奉持，无不尊敬"。

钦明天皇虽然很是愉快，但仍然感到困惑：具有超越著名的周公的智慧，如果真能达到这样的境界，此生再无遗憾，而且一种如此深奥的学说必然超凡卓异……但这样一位新来的神明究竟是否可以礼敬呢？对他来说，很难决断。他的谋臣分成了两派：神道教的大神官执着于他们的垄断地位，以神的报复相威胁；他们的政敌——苏我氏①则在那座朝鲜供奉的铜像中找到了削弱对手神道教徒的制胜法宝，建议天皇效法中国，"与时俱进"。争执的双方都是野心勃勃之辈。

最后，钦明天皇息事宁人，把雕像交给苏我氏，试令祭拜。苏我氏建了一座小庙，从朝鲜请来一位和尚……寺庙刚盖好就暴发了一场鼠疫，神道一派胜出。为了阻止瘟疫流行，他们把雕像扔进了臭水沟，但雕像似乎始终浮而不沉。

二十年后：第二批雕像、经文与和尚抵达日本。为坐定权位而始终没有放弃利用佛教的苏我氏重修了寺庙，刚刚布置了三名负责打理众雕像的年轻尼姑，第二场瘟疫便随即暴发。寺庙被彻底拆除，雕像又洗了第二回澡，尼姑们则被扒光衣服当众鞭笞。

接着，苏我氏打垮了敌人。皇帝碍手碍脚，"被宰牛般砍杀"。他们夺取了政权，为了感谢佛教在其弑君大罪中曾经如此帮忙而建起一座寺庙，而佛教居然从一个流氓家族手中得到合法性——真是荒谬。但这不过是一段小插曲而已。

---

① 公元六至七世纪间极有势力的日本氏族。——译者注

正法确立。移花接木做得天衣无缝，而由传说生出、诞于马厩稻草之上的（完全或几乎完全与基督一样的）圣德太子则对这枝花木勤加修剪。他不仅在黑色的银箔纸上用金泥抄写经典，还从朝鲜运来了整船的经书和雕像。一个世纪以后，奈良开始大兴土木。这里能见到的不是和尚就是木工。巨大的柳杉木梁在空中不住摇摆，背诵佛法之声成了屋顶施工者的劳动号子。制定施工方案时，他们追随的是近似于中国比例的高度，工程的浩大多少超越了工地的尺幅。新都的地面上，成公顷的彩釉瓦片在阳光下熠熠生辉。寺庙的屋顶比稻田还要广阔，惊叹不已的农民们每次下地干活儿时都会去丈量一下它们的长度。它们的横梁粗大得吓人，而紧邻寺庙的皇家官邸更是楼阁巍峨。

仅在经文的翻译过程中便生出了六大派别。每逢仪式之日，各派长老均要穿上紫红、橘黄、淡绿或深紫色的袍子，在日本特有的灰、棕、绿风光中形成一道赏心悦目的景观。

就因为"学识渊博"，此时的佛教在源自朝鲜或中国的一切事务上都是领头者。和尚们到处插手：皇家的内阁事务、星相、医学、占卜、诗歌乃至政治谋略。他们不仅被免除赋税，而且令人生畏，因为他们掌握的"mantra"（咒语）既能生人，也能杀人。

皇家国库从早已消失的帕提亚帝国那里得到了大量以面面相对的羱羊为图案的锦缎，这些锦缎在旅途中用了整整一个世纪的时间。走在街上的行人，十个中就有一个是朝鲜或者中国"专家"，朝廷为他们支付了三年的居留费。

疯狂苦干、狡诈多端与真心信教在这里混合成一种提振精神的强大动力。(真希望在"奈良梦之乐园"的电线和旋转霓虹灯出现之前的城市能是这样一番景象!)

在与这种可怕的求知欲以及还没找到任何出处的蓬勃文化的接触过程中,佛教开始入乡随俗,变得越来越圆润,原有的一部分抽象概念与印度的悲观主义就此烟消云散。

释迦牟尼说过,"众生皆苦"。而对七世纪的日本来说,所谓的生更像是一所巨大的学校,他们在其中每天都能学到二十多个中国方块字、某一星宿的名称、某道熏菜的做法或者某种救世大法。在奈良这易引起错觉的土壤中,弃世的学说似乎扎下了坚实而贪婪的根。可如今,当时寺庙所留下的一切让人想到的却并非如何超脱,而是一种得意扬扬的显示。在对待死的态度上同样如此(神道教曾将死人弃置于荒野之上),佛教安住于死亡(这里指的不是祖辈之死,而是令人痛哭流涕并且心生畏惧的新人之亡)。为了让你落土为安,和尚们专门有一套告慰仪式,到了规定的日子,还要在坟上念咒安抚亡灵。当然,这些服务都是收费的。

墓地就是寺庙的钱库。

在佛教涉猎宽泛的讲经布道内容中,日本人总是选择那些最不具阴暗色彩的功课,它们最能满足调和一切的强烈愿望。华严宗的僧侣们宣称,事物的真相即是一种终极和谐,万法不离此相。它的教义以何为名?就以"互遍互融之和谐世界的教义"为名。以这样的教义为纲,可以确保不将任何人拒之门外!

特别是神们。如果不算人与人之间的纠纷,这两种宗教形式似乎相处得极为融洽。况且它们适用于不同的意图,完全可以共生并存。而且日本人十分注意在诸位国神面前维护自己的面子。当天皇为建造奈良大佛的金属材料与铸造工程的费用发起募捐时,他派出一名博学的和尚去往伊势的神宫,向掌管日光的天照女神说明原委,以确保她对此做法不生疑义。而她则托梦于这位使者,说她不仅不生气,反而十分高兴,因为她本人就是不灭之佛的临时化身。在这里不应将托梦视为一种粗劣的欺骗,而应将其看作两种美好事物默契相交的密示,看作它们善于谋求和解——一种极具日本特色的特性。而且,用不了多长时间,日本人的这两种宗教——尽管如此截然不同——就会合二为一,变成"两部神道",进入共荣共存的辉煌时刻。

共存十五个世纪以来,佛教与神道教不仅从来没有发生过公开冲突,而且,在佛教寺庙的庭园里——不是在一片灌木丛中,就是在一口井的背后,要么就是在花匠的工房旁边——你总会看到一个小小的神社,装饰着仍然鲜嫩的花枝,表明从前的主人从未真正离场。

## 五　秋夜寻梦

平安京（京都）
公元一〇〇〇年

　　在当地一处供年轻皇后的侍女们居住的院子里，刚刚闯入了一个疯疯癫癫的男子，衣着相当破旧。他不住地以头叩地，高声喊道，皇家仓库着起大火把他们家烧了个精光，他现在一无所有，不知道到哪儿睡觉。他说话的时候并没有看着特定的人。在如此结结巴巴地向各位身份显赫的女士述说事实的过程中，他显然已经失去理智。不过，在这些年轻女性孤寂的生活中，一个庄稼汉的出现（尤其是在这样的情形下），着实显得既滑稽又"有趣"。这是一场意外的惊喜。很快，她们便拿出了文具箱和毛笔……然后笑着把她们刚刚就他的倒霉事写好的辛辣而挖苦的诗文递给他。他一脸愚痴地接了过来，很明显，他根本不识字。

　　这些小姐中没有一个会想到，以他这样的境遇，一枚小钱可能就会让他乐不可支。(院子左边,一片蓝色釉瓦的屋顶占据了画面的一角。这种吉祥的蓝色从古老的伊朗一直传到中国、朝鲜、日本,让城市的景致变得如此轻盈,而日本人——他们觉得这种蓝色在多雨的天空下显得太过欢快——很快就全都换成了银灰色。)

连一枚中间钻着方孔、可以用一根细线穿起来的小钱都没给。男子消失了,侍女之一在一本日记的"好笑之事"一栏记下了这件事,我有幸拿到了这本日记。她叫清少纳言,被视为宫廷里最厉害的毒舌妇,为了打发时间,净写一些侍女生涯中的琐事。按照中国的某种时尚,她自娱自乐地把这些琐事分成"心跳之事""高兴之事"或者"最讨厌之事"。比如:"在寒冷的冬夜与心上人一起落入连绵群山的怀抱就是一件非常高兴的事。这时,某处传来一只铃铛单调的响动声,显得如此古怪:就像是从井下发出的声音……"

反过来说:

"如果一位黎明时分打算离你而去的情郎发现他的扇子落在了某个地方并且开始在昏暗的屋子里团团打转,一边东碰西撞一边咕哝'邪了门儿了!',这就属于很讨厌的事。"

她也不是如此记述自身感受的唯一一人:这些宫廷贵妇中的其他人伴随着理性、酸楚或者恶意记下这个封闭世界的各种流言,在这些流言中演变并生成了——在她们不知情的情况下——日本文学最初的杰作。正因为有了她们,我们至少知道了平安京的闲人们对生命的意义有多么在意。

平安京的平安,意思就是"平和与安静"。

这座城市已经拥有三十万人口。按照中国都城的长方形平面规划,他们在占卜者精心选定的位置修建这座城市大约已经有两个世纪的时间。

借用中国阴历的时间则已经长达三个世纪,必要的时候,这种阴历还会加进一个闰月。在当时的文学作品中,日本人从来就没打算提及太阳,因为太阳这家伙不仅满口大话,而且言语冒失。月亮则十分灵验,把人心安顿得很好,满月时,可以把求爱者走好运的概率增加一半。观赏它如何在精心布置的背景(月见节)上空冉冉升起,属于九月里人们最喜闻乐见的消遣方式之一(至今依然如此)。

……梅花节一过,接着就是蜀葵花节、鸢尾花节、杜鹃花节,然后就是庆祝牛郎星与擅织的织女星彼此结合的七夕节。十月,便到了枫树时节,闪烁的红色令深居寺内的和尚们心旷神怡。全年的活动都是围绕鲜花、绿叶、嫩芽、稻穗以及星相展开的。

中国的堪舆及其各式各样的禁忌同样支配着日本人的生活。东北方向通常不够吉利,土星则象征危险,"吉祥方位"一日一变。晚上,要小心选择床的朝向,不查皇历绝不行路,也绝不做出任何决定。出门远行,则要折断因应回程顺利的松枝(象征长寿),根据蜘蛛一早的行为可以卜得恋爱进展顺利与否。专有一家"皇室预测机构",连最为遥远的地方政府都要向它通报日常事务预示的所有征兆。就因为一块"祥云"出现在北方的某一府衙,这里的所有囚犯便全部获得释放。

日本鬼神数不胜数的种系已经进入全速增长阶段,晚课的旋律中充斥着或哀怨或凶恶的幽魂。附体现象层出不穷，谁会解梦，谁就能迅速致富。在佛教寺庙与神道教的神社中，每天每日的咒语背诵、驱魔法术以及各种咒文让僧人神官们赚得盆满钵满。这个小小的宫廷世界为他们通常最鸡毛蒜皮的小事向佛陀、本土的神以及左邻右舍的各种法术祈求着保护和帮助。

迷信的束缚，再加上主宰众多繁文缛节的清规戒律，把每天的生活变成一种小心翼翼的芭蕾舞步，迈错一步就会打乱和谐。但是，如果说这个人为形成的世界既同质又单一，那么，它与另外一个世界，那个外部的、真实的世界则完全割裂。它仍然停留在初生的状态与循规蹈矩的做派之中。"如果我们听到哪个下人说起我们认识的某人——'他对人真好'，我们就禁不住会生出轻微的蔑视"，清少纳言继续着她的写作。对这些妇人来说，劳作中的农民、渔民（就像白鹭一样）都是风景中的元素，能够从这里或者那里给她们带来一些诗兴，或者激发她们的愁绪，因为愁绪就像一根伤心的细线，穿过了全部的精致生活，她们总是要找和尚来解释她们伤心的原因。

而且，日本人还很爱哭，哭已经成了一种时尚。诗文和私人日记除了"浸透泪水的衣袖"没有别的内容，就连军人的眼里也浸满泪水。人们一边擦干眼泪，一边相互写信。写的永远比说的多。只有这样，才能让对方更加珍惜自己的这份感情，并且欣赏到自己的书法。书法是这个追求形式美的宫廷真正的宗教，那些苦于自己"一笔臭字"的人永远也没有升迁的机会。

我们还从她的文字中看出一点点做作的和同性恋的倾向。

"我就是一枝即将分蘖的柳芽",看看当年的一位弓箭队长是如何在情书中字斟句酌地向他追求的女子做自我描述的,而且还是一位从来没有见过面的女子。由灯笼裤、轧花软帽和收腰宽上衣组成的男人套装比女人的衣服还要鲜艳,只可惜这些衣服最美好的年华却是在吊帘和屏风背后的储物区里度过的。至于那些妇人,她们具有本能的见识,对通俗语言(日语,而男人们多数时间都在吃力地嘟囔中国话)的掌握达到了惊人的地步,好赌气、爱生气、要生孩子、要来月经,让这个努力想把一场浅梦做下去的宫廷面对了太多梦境以外的真实,就如同她们赢得的讨好与追求远不如期待的那么多一样。

……隔着分开两家住宅的香茅草篱笆,作战大臣和他的副大臣以书信应和着彼此的诗句,这些语意暧昧的风流情话被心生嫉妒的总理大臣夫人一一抄了自己的日记里。两位大臣对与北方蛮族持续进行的战事毫不关心,更不想跑到战场上让自己白白挨一顿打,因为,他们从中国人那里学了那么多,其中就有对暴力和战争的不屑。而且这两位大人并不比你我更具有军人素质,不过是直接买下了现在的职位。政府的所有权力都是通过直接委派或者暗箱操作分配的,但我们知道,它其实完全掌握在一个庞大家族的手中,这个家族就是藤原氏。连续四代人,他们一直在随心所欲地分发着各种荣誉、职位和利益。很多时候,皇帝只是一个小孩,他们既可以让他即位,也可以令他"让位",还可以把他赶进某座寺院;皇后不过就是一个小姑娘,玩点小孩子的游戏就能被哄得很开心。

仗打得很惨，但没人在意此事。

真正的军事力量远在首都之外，深藏在那些大贵族的采邑里，他们隐居乡间，野心勃勃，每天都在厉兵秣马，秘密壮大着自己的实力。

没有任何人对这样的威胁稍加留意，他们的全部精力都贯注在一只异常忧郁的杜鹃身上，每到黎明，它都会在左宫务大臣的花园里哀婉鸣叫。

……距离平安京五天的路程，在高野山的山顶上，圣者弘法大师的后辈僧人们在绸布上仔细描绘着表现佛教世界的神奇图画，这种图画叫作"曼陀罗"。这些同心圆的图像中很可能隐藏着宇宙的巨大能量，以及那股仍在这场优雅的庭园聚会上避免消散并保持聚会专注程度的引力。其实，很少有哪个社会像在云中行船的日本一样让人觉得如此不切实际。因为过于世俗，所以做事不够凶狠。因为过于世俗，所以信佛不够虔诚。总之是过于在意如何通过敕令规定佩刀的长度、裙子的颜色与帽子的形状等这类繁文缛节。

这里平和，安静。

东北方有一片"远在天边的崎岖山区"，丘陵斜坡上建有一座寺庙，堡垒一般保护着这座城市免受邪恶势力的影响。人们因此受到庇护。朝臣们有足够的闲暇评论刚刚过完的节日，为下一个节日预做准备，分发、买卖已经彻底有名无实的官位。还有，深施一个屈膝礼后，他们当中的某一位在起身的过程中偶尔也会从对面那位受礼者的憔悴面容中隐约看到自己死后的样子，感觉就像心窝被捅了一刀，或者从一首三十一行诗里听到七个刺耳音节一样。

## 六　灰色笔记本

京都，龙安寺
一九六四年四月三日

　　三个喝醉的美国女人，帽子扣得紧紧的，衣服裹得严严的，挎着各种照相机（这种人往往连自己胃口有多大都不清楚，就打算让你跟着她们一天消化十几座寺庙，外加一到两所皇家官邸），坐到了著名的"枯山水庭园"门前，决心一口把这里吃下。四月的阳光白亮而暗藏威力；至于这座庭园（禅宗美学最完美的表现形式之一），只有几块形状各异的岩石，由"专家们"经过百般珍惜的精挑细选，在耀眼的白沙地上摆出令人赞叹的造型，一摆就摆了将近五百年。这就是这座庭园的由来，而且庭园里只有这几块石头。这个微缩景观中的每一种元素都有传统意义：云海、鹤石（福）、龟石（寿），等等。庭园里还有一位日本旅游局的年轻女职员，不停地向美国女人解释其中的奥妙。经过这位戴着制服帽的工作人员态度温顺的解说，这些寓意不免带上了几分画蛇添足和愚昧无知的傻气。面对客人的困惑，导游又补充道，不能对这种象征意义过分在意，这座庭园其实就是表现纯粹抽象概念的一个杰作、一个能让每个人的思绪自由驰骋的冥想工具。

"好可爱的小花园。"三位妇人如此说道。其中态度最坚定的那位高声总结道："我一看到那些石头的形状，就止不住会想到……耶稣基督。"（？！）

像吉卜林（Kipling）一样，我也很担心，这样的西方（美国中西部）与这样的东方恐怕永远都没有交融的那一天。

观察日本人参观本国寺庙的方式，我有时不禁想到，今天的日本是否能有更好的机遇融入从前的日本。每隔半小时，都能看到整村的村民和整校的学生涌到银阁寺（即慈照寺）的小竹门前。我还以为自己选错了日子，打算找时间再来一次。可仅仅十几分钟后，这里就只剩我一个了。因为现场的处理非常巧妙灵活。

"都往我这儿靠靠。"（于是所有人都会加快步伐。）

"你们右手边的两堆沙丘是由足利义政大人下令建造的，在当时，它们代表着内心的安住，请往前走，十分钟后在四路电车站集合。"

他们排着密集的队形再次迈开脚步，不时举起照相机，只是很多照片都是在晃动中照的（"求求你们不要挤了！"）……刚好后面有人在往前挤。

今天，在京都市政厅的大厅里，又碰到了一帮外国人。这次碰到的是几个法国女人。她们在佐渡岛被冻坏了。经历了两个星期的文化与暴雨之旅后,她们现在又开始怀疑她们的导游没有把"日本之魂"是什么告诉她们。

对女人、对自己钟爱的兄弟,绝不能有什么说什么,而且这些女人一点也不傻,在巴黎,她们虽然戴着丝线手套,却连到肉铺买肉也要货比三家(买肉也成了一种冒险,不知道买哪家的好,万一这家的肉片不够嫩呢),现在却要在离开之前要求人家把"日本之魂"给她们打包带走。她们到底想要什么呀?不过,等着瞧吧!完全就是一转眼的工夫,只要经过一番心理活动,她们的无知就变成了有知,而且还是实实在在、说得头头是道的有知,这样,她们回国之后就有了谈资。我对她们的想法深有同感,我有时也想看到我的盘子被人盛满食物,而且是在第一时间。我们带着一副贪吃贪喝的好肠胃来到这个贫瘠的、节制饮食的国度,却发现西方世界的一切在这里全都能够找到。纯金餐具、土财主、大如鸭蛋的红宝石,恰恰是这些东西让我们这批最早踏上日本国土的游客感到震惊,而且游客们最想看到的也是这些,尽管节制饮食确实属于亚洲的标志之一。在中国历史最初的记载中,有这样一首诗:

楚王过江得萍实,

大如斗,

赤如日,

剖而食之甜如蜜。

要知道,那可是一位统治强大国家的君主,他当然有权吃上一点儿这样那样的小吃。① 节制才是根本。其他的——面对火攻,五百头象兵大军望风而逃,一路散布恐慌情绪② 则不过是乱了秩序而已。同样懂得节制的亚历山大士兵不会搞错。

说到节制,凡是不能从最基本小事开始学起的人,势必只能白费工夫。

---

① 楚国童谣,参看《孔子家语·致思》,作者所引与法国汉学家葛兰言的法译文有出入。——编者注
② 此处可能指的是亚历山大于公元前三二七年发动的征服印度之战。——译者注

## 七　热那亚，一二九八年

　　威尼斯人马可·波罗像笼子里的松鼠一样在屋子里转来转去，热那亚人把他当作囚犯关在这里。他只有强压怒火。

　　结束传奇般的中国之行回来转眼已经三年，在他所指挥的圣-马克战船上被热那亚舰队擒获也有六个月的时间。六个月来，他苦苦等待那座生他养他的城市替他交上赎金：赎金的价格自然不低，因为，毫不夸张地说，在十八世纪末，一个熟知香料产地路径的人确实称得上价值连城。

　　在外漂泊二十年，历尽各种艰险，他为自己被卷入热那亚与威尼斯之间的这场争端而恼怒不已。如果换成他刚刚游历过的世界，这样的争端最多也就相当于两个郊区为了几担胡椒争来争去的水平。

　　为了打发时间，他开始向被囚的同伴——一个不知名的三流作家口述自己的回忆录，后者用拉丁文把他的话记了下来。亚洲的情形再次闪现在他的脑海：元大都（Cambaluc，北京）布局恢宏，数以万计的大理石桥梁掩映在一月的雪景之中，成吉思汗的孙子忽必烈皇帝妻妾成群，来自北方的使节人人一身貂皮大衣……如此规模的首都，这个地方没有任何一点能与之相比。

有时，在怀旧情绪的驱使下，他也会对这样的景象做一点美化，但只是很少一点。他的《马可·波罗行纪》就是这么写成的，在这本书里，欧洲人第一次听人提到日本的名字。波罗没有去过，他只是在第二章的叙述中把听到的内容提了几句：

这里被称作"Zipangri"岛（中文"日本国"的误读）。去一次很难，如果从朝鲜出发，要在极其凶险的海域航行好几天。

这里盛产珍珠，黄金在这里如此常见，以至于寺庙全部包着金顶，连皇子们的桌子都是由厚厚的纯金制成。（这说明，他可能是从朝鲜船东嘴里听到的传言，因为在当时的日本，白银几乎与黄金一样稀缺，两种金属之间的比价达到了一比三，而大陆国家则为一比十或十五，这种不对称的比价让外国人大肆渔利。）

像中国人一样，日本国的居民在说话的时候齿缝中要吸进很多的空气。

他们的君主与任何人都没有交情，也从不向北京派出使节。

波罗甚至提到了他的东家忽必烈皇帝二十年前企图入侵该岛时的不幸遭遇,并把他的失利原因归结为蒙古战将之间的争吵以及很可能导致元朝舰队全军覆没的台风……

关于这一点,我们完全可以像对待其他内容一样检验一下他所述的真实性。

实际上,事情的经过是这样的:成为蒙古、中国与朝鲜的主宰之后,忽必烈皇帝认为,把日本也划入他的势力范围天经地义。一二六八年,他给"日本国王"写了一封信,以威胁的语气要求恢复贸易关系。日本人认为信中语言有侮辱之意,将信原样退回,未作答复。

一二七四年,忽必烈派出一支帆船数量多达几百艘的舰队,搭载了两万名蒙古弓箭手。就军纪、战力以及士气而言,他们堪称最好的一线部队,至今依然是举世公认。一路上,这支庞大的舰队先是夺取了对马岛和壹岐岛,随后又在九州岛西海岸站稳脚跟。日本人在海滩上向他们发起了攻击。一开始,进攻者推动巨大的轮式盾牌,借着盾牌的保护向前挺进,蒙古弓箭手尤其擅使原始火箭,这两种武器吓坏了日本武士的战马。他们只好翻身下马,徒步攻击。

自平安新政以后,日本发生了巨大的变化,长期以来,戍边部队早已不再"泪湿衣袖"。这个国家走出了长达一个世纪的残酷的封建战争,并因此变成一个军事国家,它开始更多地考虑搏击、刀术,而不是诗歌。与蒙古人相比,十三世纪的日本人虽然骑术稀松平常、射术差强人意,但刀术无与伦比,单手或双手握持的长刀可以造成致命创伤，精湛的淬火技术无论是大马士革还是托莱多（Tolède）都绝对难以与之相比。

进攻者受到了压制，日本人盼望的北方援军虽然迟迟未到，但一场风暴扫荡了进攻者的舰队，残余的船只退回了朝鲜。

一二八一年，忽必烈卷土重来。这一次士兵人数超过十万，但日本人毫不后退，严阵以待，他们在九州岛西海岸筑起一道连绵不断的高墙，光工期就用了五年。

每一天，所有神社和佛寺都充满了嗡嗡作响的祈祷声，不是祈求国家得救，就是念动咒语，让雷电、瘟疫、耻辱和死亡统统降临到进犯者头上。遵照摄政王（手握实权者）的命令，国家资源登记表精确到每一匹耕地的驽马和每一张弓，并且动员了能够上阵作战的全体人员，在这次战事中，他们表现出了令人敬佩的杀敌热情。

请看（这只是众多材料中的一份）国民们是怎么响应招募命令的：

本月第二十五日所颁诏书已于昨日送达并如仪拜读。

命令要求呈上一份远赴国外进行征讨的人员、马匹与武器清单（为了"面子"，他们就是这样陈述事由的，但每个人都对实际情况知道得一清二楚）。

可用人力呈示如下：犬子光重三郎及内弟久保二郎日夜兼程，火速投奔于您。他们满怀敬畏期待您的指令。

签名：比丘尼思奈，九州岛北山村一村妇。（乔治·桑松①爵士在《日本文化史》一书中引用了上述内容。)

整整三周,他们一直在海滩上激战。第四周一开始,一场来得正是时候的台风吹断所有船只的锚链,将庞大的元朝舰队连人带船全部摧毁。一场神圣的大风拯救了一个神圣的民族,此后它的自豪感(如你所料)总与这次事件须臾不离。

如今,我们给台风起了很多优雅的女性名称(贝丽儿、劳拉、凯蒂……),大概是为了平息它的狂暴。十三世纪的日本人将这场拯救命运的台风命名为"神风"。太平洋战争中,尽管日本大势已去,执行自杀式攻击任务的飞行员依然坚持以"神风"自居。

接下来的十年中,日本人虽然加强了戒备,但元人却再没有卷土重来。在此期间,各个神社之间,尤其是强大的佛教宗派之间剑拔弩张,激烈地争夺着引来神风的荣耀归属。但最终,还是由日莲——一个言行狂热、思想激进、胆识过人、为了移风易俗而对政府大加挞伐、将其他佛教宗派全部作为异端排斥的过激改革者——的信徒拔得头筹,令竞争者们恼怒不已。

……马可·波罗倾注所有真情,终于完成了这本《行纪》。他的叙事件件翔实,全部得到史料印证。当然他也有异想天开的时候,那其实都是从他见过的中国人那里听来的,他不过是对中国普遍存在的信仰表示了赞同。如果说,他也曾晕头转向地在这

---

① George Sansom(一八八三至一九六五年),英国外交官、日本近代史学家。——译者注

件事或那件事上出现记忆偏差，把错的当成对的，那么，返回欧洲途中，要想不被元代中国、沙漠商队行程、西班牙帝国的太平洋海岸、大不里士的宫廷等一路上的各种景象所迷惑，除非拥有超人的智力。

他的书除了被人复制，还被译成多国文字，广为流传。紧接着，有人出于妒忌心和怀疑心开始忙个不停，急于把他写下的"奇闻"变成滑稽的笑柄。奇闻的作者在真实姓名还不太为人所知时便终结了自己的一生。死后，他的形象却在威尼斯狂欢节的众多面具中占了一席之地；他居然还有个外号，叫作"百万先生马可"（因为他动不动就夸口自己拥有多少财富），让狂欢节的观众简直不敢相信自己的耳朵，被人在各种各样的玩笑中当成最离谱的笑料。然而，在当时畅销的书里，他的《行纪》的竞争对手《约翰·曼德维尔游记》，尽管通篇都是卑劣的谎言、没有头脑的人物、"热衷淘金的蚂蚁"[①] 以及从斯特拉波（Strabon）书中直接照搬的故事，却令人难以置信地获得了巨大成功。

这就是生活的本来面目，这就是出版业的本来面目。

尽管知名度受到影响，但马可·波罗的《行纪》直到十五世纪末依然属于正经航海家查询资料的信息来源，尤其是克里斯托弗·哥伦布。

他手头有册《行纪》副本——保留下来了——书中的解释与旁注多得让人不胜其烦。书里那个叫作日本国的岛屿以及岛上的

---

[①] 古希腊历史学家希罗多德在其著作《历史》中讲述的一则故事。

黄金让哥伦布百般牵挂，成为他远航的主要探访目标。既然地球是圆的，一直向西航行，大概就能碰到。接连向葡萄牙、法国、英国提交航行计划未果之后，他又把计划呈给西班牙的伊莎贝尔女王，计划的内容就是向西航行，发现日本国，把黄金装满衣服口袋，然后再与那个叫作中国的国家重新开始贸易往来。中国曾经为罗马帝国提供过各种奢侈品，后来，阿拉伯帝国阻隔了西方与中国的联系。刚从伊斯兰教徒手中收回格林纳达的西班牙女王典当了自己的首饰，送给他三艘快船，还有一纸用火漆密封的写给"中国皇帝"的书信。

一四九二年八月，哥伦布的船队驶离直布罗陀海峡，经过一个月的航行，进入马尾藻海，船员被罗盘指针的剧烈变化搞得惊恐不安。十月十一日，水手们在平静的海面上看到一棵结满新鲜桑葚的桑树，重新鼓起了勇气。第二天，他们误把看到的几点微光当成了陆地，其实是数不清的泛着磷光的海虫，趁着深夜浮到海面产卵。第三天，终于看到了真正的陆地，以为到了日本……其实是到了拉丁美洲，更确切地说是海地。

先是在这里，接着是在墨西哥海边，西班牙人只需弯下腰就能捡到金子。所以这段故事并没有说明本想寻找日本的他们是否对最后找到的拉丁美洲感到失望。

今天，许多一天之内飞抵日本的观光客看到满街的百货商店、全铝制电梯、霓虹灯、带电视的出租车，以及全世界最干净、最现代的地铁，都会隐约感受到当年船员的心情。

## 八 梵蒂冈

一四五三年，教皇尼古拉四世①的一道谕旨把"从非洲远至印度的航海权"都给了葡萄牙国王亨利②，包括他在几内亚海岸以东所能找到的一切、从埃及和阿拉伯福地③的非基督徒那里所能抢到的一切，并让这些地方统统改信基督教，不管当地人愿意不愿意。

四十年后的一四九三年，原名波吉亚（Borgia）的教皇亚历山大六世——一位颇受争议的大祭司、差强人意的政治家、优秀的情诗诗人，他的作品尽管具有较高的艺术水准，如今却似乎不再受到人们的关注——下令以"神圣教皇子午线"把地球上所有新发现的世界在西班牙和葡萄牙之间做了重新划分。

---

① 因时间不对应，此处疑为尼古拉五世（一四四七至一四五五年出任教皇）。——译者注
② 按照时间推算，应为亨利王子或恩里克（Henrique）王子。——译者注
③ 阿拉伯半岛南部因土地肥沃、雨量充足有"福地"之称。——译者注

这条分界线从佛得角群岛以西一百海里处划过,把该线靠近陆地这一侧的范围给了葡萄牙,以外范围给了西班牙。在地球另一端的对跖点上,这条完美的分界线差不多把日本国岛屿从中间一切两半,并把那里的居民变成了"幸运者"曼努埃尔一世[①]和天主教徒伊莎贝尔女王的潜在臣民,尽管当时没人能从地图上找到日本的位置。

日本人可以为他们的自豪感庆幸一番,尽管他们的命运被如此轻率地做了决定,但这个消息却并没有传到他们那里。具有神圣血统的他们没过多久就开始设想,一旦日本的家园整治就绪,全天下都将臣服于天皇的德政,而且,还要如大将乃目希典伯爵所写的,"像日本人那样沐浴在皇恩的雨露之中"。

与此同时,中国的明朝皇帝每晚入睡时都深信按照天意,整个地球归他一人所有,从来不曾闪过一丝与人分享的念头。

可惜欧洲人完全不知道他们正在受到如此仁慈的保护,完全没有想到在接触中国文化之后居然意外获得了一些文明礼貌的基本常识;只是英国人和法国人对亚历山大六世瓜分世界时把他们排除在外很不满意,很快布置国内的小册子写手和三流作家开始写文章、发传单,证明弗朗索瓦一世所说的"亚当的遗嘱"[②]并

---

[①] Manuel I<sup>er</sup> le Fortuné(一四六九至一五二一年),葡萄牙国王,因意外当上国王,刚一登基便迎来了葡萄牙航海事业的鼎盛时期,故外号叫作"幸运者"。——译者注
[②] Le Testament d'Adam,对教皇心怀不满的弗朗索瓦一世说过:"我很想看到亚当的遗嘱,看看是哪一条在划分世界时把我排除在外的。"(Je voudrais bien voir la clause du testament d'Adam qui m'exclut du partage du monde.)——译者注

没有批准这样的垄断行为，海洋可以自由航行，航行中发现的陆地归先占者所有。

想象这样一种充满无知与霸权主张的国际格局真是令人陶醉，不同国家的主张永远都在相互重叠，相互抵消，相互交错。实质上，这种情况基本没有变过。

"找不到恰当词语来形容那件东西。"

葡萄牙人先在非洲绕了一圈，接着又在果阿和马六甲趾高气扬地永久驻扎，到十六世纪初开始进入远东海域，此时已经有点力不从心。他们没能说动中国与他们做生意，本以为自己可以说一不二，不料却在广东沿海被击沉一支舰队，并因为品行不端而被排除在中央帝国的官方贸易序列之外。但由于中国地方的无政府状态以及海盗的猖獗，总能找到门路做点非法买卖（尽管被中国视为不受欢迎的人），他们就这样留了下来。

这一年的春天，三个葡萄牙人乘坐一名中国海盗的平底帆船离开交趾支那[1]，驶往广东海岸。一路上，葡萄牙人一直在大声争吵。如此大喊大叫、高声喧哗、过分自我的表现实在让人讨厌。中国人真不适合当海盗，因为他首先喜欢的是清静。船主把

---

[1] Cochinchine，大体上指越南南部，沦为法国殖民地期间，被法国人称为交趾支那。——译者注

三人拉到宁波下了船，然后不辞而别。几个月后，另一名海盗"出于同情"又拉上他们从宁波驶往冲绳，船上装满了从别人手里抢来的丝绸，这些丝绸后来又被其他人抢走。九月的一场台风让他们迷失了方向，在海上漂泊了二十三天，最后把他们刮到了九州岛南边的小岛——种子岛。驶入海湾，发现当地村庄的全体居民都挤在沙滩上，手搭凉棚看着他们。中国人有点心里没底，葡萄牙人则觉得真是到了世界的尽头。

就这样，欧洲人与日本人有史以来第一次面对面。很长一段时间，这次相遇只在葡萄牙旅行家门德斯·平托（Mendez Pinto）的《远游记》（Pérégrinations）中被提到过。平托是一个大骗子、一个不折不扣的达达兰[①]，硬说自己曾经参与此次日本之行，但实际上（已经得到证实）只是毫无顾忌地把这段听来的二手或三手插曲加到了自己的探险经历里。所以最好还是打开岛主的儿子几年之后请一位和尚做的记录看个究竟，这位和尚的记录既有各种物证，又有必不可少的人证。我要感谢尊敬的神父让－玛丽·马丁（Jean-Marie Martin）为翻译这份记录所付出的辛勤努力及其给予我的热情帮助，他既是一位精通九州岛历史的专家，又是一位擅长查找资料的大师。

一五四三年的种子岛

---

[①] Tartarin，法国作家都德笔下人物，因刻画逼真，现已成为喜欢吹牛撒谎而又胆小如鼠之人的典型形象。——译者注

（执笔：和尚南浦文之）

天文①十二年，一艘大船停到了种子岛的港湾。无从知道它来自哪个国家。船上搭载着上百人。他们的长相跟我们完全不同，也不会说我们的语言。所有见过他们的人都觉得他们样子很怪……

（我仿佛看到，在这个国家南方常见的某个小海湾，沙滩闪着耀眼的晶光，在蓝天的映衬下，渔村里的全体村民密密麻麻地挤满了海滩，看到这艘帆船，特别是那座高大船尾楼上花里胡哨地画满了魔鬼形象，很像船上"不明来路的外国阔佬"，他们感到极度困惑，不太清楚究竟应该怎么应对。）

来人之中有一个年轻的中国人，名叫五峰（Goho）。

（之所以提到他，可能因为他是唯一一个会写字的人。）

种子岛的村长很有文学修养，用手杖在沙滩上写着汉字，开始与中国人进行交谈。

"这艘船上的人相貌很特别，他们是从什么地方来的？"

"他们都是商人，属于南方的蛮族人种。一般情况下，他们懂得公平待人，知道如何遵守领主与臣民的交往规则，但他们当中还是有人完全没有礼法的概念。所以，他们喝酒不用杯子（或许直接拿着瓶子喝），吃饭不用筷子，直接用手抓。"

---

① 一五三二年至一五五四年后奈良天皇执政时期所用年号。——译者注

他们只吃爱吃的东西,只做喜欢的事情。不会读我们的文字,也不知道是什么意思……

总之他们就是商人。没有任何可疑之处。

对于商人,用不着期望太高。亚洲社会对商人(理论上)从来就不重视,把他们的社会等级排得比最卑贱的乡巴佬还要低下。此外,这些葡萄牙贸易商只会在印度所开的分号里享受懒散奢靡的生活,已经不能代表他们国家的精英阶层。经过好望角时,他们习惯把勺子和叉子扔出船外,以象征性地请老天作证,从今以后将会在印度用他们扔餐具的手捡到金子,吃饭也不用刀叉,只吃果阿的妃子们一口一口喂给他们的食物。他们的"进餐方式"当然很让人向往。但对日本人来说,既然这些人懂得"领主与臣民之间的交往行为规则",那好,看来是能够相处融洽的。那名中国翻译很清楚日本人的心思(大家都信奉孔子学说,自然能够相互理解),所以,把这个关键问题当作头等大事先说得一清二楚。

听了翻译的介绍,村长(深感责任重大)礼貌地把帆船一直带至邻村的首府,由另外一名和尚担任翻译,在那里,"南方蛮人"们有一件时刻不愿离手的东西,着实引起了当地的轰动。猜猜是什么:

他们(这些商人)拿着一件长约三尺(将近一米)的东西。这件东西中间是空的,外表很光滑。很重。平常,里面不装东西,但尾部是封死的。最顶端的侧面开有一个小孔;他们就是从这里开火的。找不到恰当词语来形容那件东西……

我希望你猜到了:这件东西既不是十字架,也不是弥撒经文,更不是烧酒酒瓶,所以只能是一支步枪。那个时候,我们还不太输出这种东西。的确:

请看商人是如何使用这件东西的。他们往里面装一种神奇的粉状物,再加上一个白色的小物件(填弹塞);[拿起那件东西,顶在身上,闭上一只眼,从小孔中喷出火花,没有任何东西射不中。发射时,会产生一种像闪电一样的火光,还会发出像打雷一样的声音。]……这件东西可以用来向敌人复仇,因为不管谁被射中都会丧命……真是一件有用的东西。

有哪个日本人能够抵挡得住拥有这样一件宝贝的欲望?反正岛主时尧(Tokitaka)抵挡不住。他很想得到它。想得睡不好觉。

有一天,他通过翻译告诉蛮人们:
"我只想学会怎么使用这件东西,就怕用不太好。"
蛮人回答:
"你想知道这件东西的秘密,我来教你。"

接着说道：

"只要端正心态（和尚写的是：请保持正常心态），再闭上一只眼。"

葡萄牙人可能说的是："两腿必须站稳。"中国人翻译成："不要害怕，鼓起勇气。"不过和尚马上从中总结出一番颇有教益的寓意。岛主非常高兴，最后说道：

"让自己保有一颗真诚的心，这是我们活在尘世的伟大法则；只要认真遵守，就不会犯任何错误。"

他接着又说道：

"你刚才说要闭上一只眼。闭上一只眼，我们就不能看到远处，既然如此，干吗还要闭眼呢？"

蛮人辩驳道（我长话短说）：

"闭上一只眼，为的是把目力集中到最重要的一点。好好想想……"

时尧听了很满意，反驳说：

"老子说过：'只有看得少，才能看得清。'[①]"

实际上，他想表达的恰恰是相反的意思……但人们似乎阻止不了岛主展开这场辩论。最后，他以巨款买下了两件这种"确实

---

① 疑为老子所说"少则得"。——译者注

有用的东西",并可能轻而易举地把它们据为己有,"夜以继日地勤加练习",很快就成了一名熟练的射手。

最明显的是,易手之后的枪比易手之后的观念用起来更加顺手,可以像原来一样分毫不差地打中目标,非常好使。对日本人来说,这才是最主要的。至于观念,日本人知道它们非常听话,可以随意听凭他们摆布;枪可不行……除非对着自己开上一枪。

学会制造火药以后,时尧便要求他的军火商为他多仿制一些火枪。枪托、枪口、枪筒,这些倒还容易,但他们怎么也无法把枪尾密封起来。葡萄牙人对他们所受到的恭敬接待感到非常高兴,第二年再次来到岛上。为了学到造枪的秘密,一位名叫金兵卫(Kimbei)的铁匠不惜把自己十七岁的女儿若狭(Wakasa)给了他们。

> 一年以后,她和他们一起回到岛上;金兵卫上了船,然后带着女儿一起离开,几天以后,通知那些商人,说她得病死了,葬礼已经举行完毕。蛮人们听到这个消息并没有哭泣,他们似乎不太相信……

为了领主的最高利益而出卖自己的女儿,终归属于天经地义。最重要的是,不管是死是活,若狭毕竟换来了造枪秘诀,从那以后,火枪的数量先是在九州岛,继而在全日本迅速增长。从三十到三百,再到三千。但这种物品毕竟昂贵,只有大地主才养得起火枪队,有了火枪队,他们就可以制服那些小地主。仅仅十二年后，在川中岛之战中，火药就已经把空气全部熏成了黑色。

好啦！以上就是这件事情的全部介绍。

一方向另一方卖出一支真枪，获得了对方以黄金支付的优厚报酬。总之，一切进展顺利。

但是，在这个偏僻小岛的小码头上做成的这笔交易中，我看到的却是，大幕拉开以后，主要演员根本不知道他们的角色有多重要，演得毫无章法。一方是满口格言警句、如此谦恭、如此注意"合乎礼仪"，特别是绝不放过任何可用之物的岛主，另一方是三个口若悬河、被自己做成的这笔好买卖惊得目瞪口呆、虽然衣领上镶着花边但里面的身心很可能肮脏不堪的葡萄牙人。我真想大声告诉他们："站直了，拿出点风度，别把牛皮吹这么大（他们居然声称葡萄牙比中国还大），别动不动就做鬼脸，跟人说话的时候不要把气息喷到对方脸上，说出口的话掂量掂量，注意自己的形象……"但说到底这些都不重要，他们不过是些配角，可有可无的小角色。真正的明星是那支枪，它的表演堪称完美。


鹿儿岛。"那些人让我心生欢喜。"

（圣方济各-沙勿略于一五五一年离开日本时说。）


每个做子女的都要尽孝，每个做臣子的都要尽忠，安于本位，坚持不懈地尽职尽责。做武士的应该黎明即起，到田间耕种，因为无所作为就会有失德行。任何人都不能违背礼仪规范，等等，这样我们就不会受到不公正待遇，国家也会保持安定。

以上就是儒家"十诫"的主要内容，位于九州岛南部的萨摩町领地上的整整一代臣民都被劝告要认真遵守。每天早晨，强健的男子们都要进行操练：绝对服从命令听指挥；制定这部严格律法的，就是强大的岛津家族族长。为了统治起来更加自如，他不惜削发为僧，自己也处处避免凌驾于律法之上："如果有人发现本人有某件事情做得不够公正或者有失轻率，任何人都可以随时对我进行指责。"

的确，岛津家族一切进展顺利，所占田地不断扩大，而在十六世纪，第一位基督捍卫者恰恰就是在这个"道德化"的鹿儿岛藩国上的岸，说出了一番完全不一样的言论。

圣方济各-沙勿略的父亲是一位西班牙显贵。沙勿略在巴黎学习神学时认识了依纳爵·罗耀拉，折服于他的魅力，与他和另外几位同伴一起创立了耶稣会。教皇批准了他们的办会目标。作为罗马教皇在葡属印度的特使，沙勿略刚刚在印度度过两年时光，先是住在腐化奢侈之风盛行的果阿，随后去了印度南方，为三万名刚刚入教的低等种姓初学者施行洗礼，"以致手臂麻木"，这些初学者是他能在这个国家找到的最苦难、最贫困的人。这些可怜的家伙毫不迟疑地接受了他的说教、他的圣餐面饼，以及他所描述的来世，就像接到了从天上掉下来的一碗米饭。所有受洗者中，没有一位是邦主，也没有一位是苏丹，总之没有一位是在皈依之前为了自己的体面而有所抗拒的博学之士或者"尊贵"之人。沙勿略很失望：简直就是一群全都一模一样的绵羊，睡不着觉的时候可以数上一数！在他的诸多信件中，有一封信曾经抱怨西多会圣贝尔纳教派的修士们如何在他任职期内抢了他的先，他们到处叫嚷，说基督就是要与贱民打成一片，而他却一直在苦口婆心地解释基督想以婆罗门为施洗对象。

听到有人说起刚刚被大家开始了解的日本人时，他仍然保留他的观点。据说，这些日本人待人礼貌、言行端正、善于自我克制。透过这些依然含混的叙述，他隐约感到，这样的一种社会结构、这样的一股力量、这样的一个对手才符合他的身份。他梦想着把"迷失在这个异教国度"的道德高尚的日本人民教化成他的东方教会的主力军。

一五四九年八月十五日，他抵达日本时，并不知道基督比他早到了三个世纪。其实，中世纪的中国佛教徒已经听说过这位西方"贤人"，并把他打造成一位菩萨，以引路菩萨（Inro Bosatsu）之名进入日本，他本人连同他的主张与他的来历一起被淹没在这个民族的众神之中。

与此同时，风闻释迦牟尼事迹的基督教徒也把他拉入了自己的阵营，起名圣约沙法特（Saint Josaphat，对菩萨称号的曲解），并同让他改宗的圣巴兰[①]一起，几乎很快就消失在日历上

---

[①] 巴兰《圣经》里的负面人物，被视为假先知，此处称"圣巴兰"，是作者有反讽之意。——译者注

标注的诸多圣徒之中（天主教日历上，二人的纪念日都是十一月二十七日）。但无论佛教还是天主教，大家都不记得曾经有过这样的礼尚往来。

一切都要重新开始。

下决心擒贼先擒王的沙勿略请求拜见萨摩町的大名，后者亲切地接见了他。一身黑色长袍、风度自然得体的他赢得了大名的好感。他想布讲宗教美德？可以！不过，大街小巷已经有很多和尚在这么做了：没人觉得有什么不好。贤人的教训是从来不会损害公众利益的；日本人生性具有宽容心和好奇心，觉得所有教义都是好的，只要能够长时间地和平共存，都不会与教导人们尽到自律本分的主题有太大出入。最后还有一点，中央集权的不足之处，就是让九州岛的领主们拥有太多的行动自由；葡萄牙人的船只要停到他们的码头，就会给他们带来巨大的利益。更别提那些每次都能讨得他们欢心的不同寻常的火枪。

开局顺利。

但沙勿略还不太了解日本人擅长的那种妥协艺术，那种灵活性。这种灵活性在他自己的教会里曾经如此频繁地受到指责，在很大程度上成了耶稣会士从这个远东国家得到的一个教训，他们与之所做的斗争是那么坚决。沙勿略毕竟置身于异教徒之中，随处都能感受到人们崇拜偶像的激情。他迷失在这个无论优势还是劣势都出乎预料的社会中，孤身一人做着自己该做的事，或果断、或局促、或草率地谱写着自己的人生，不断犯下一个又一个错误。修习禅宗的和尚们本来把他当作朋友，但他却宣称，他们敬重的那些大名鼎鼎的中国前辈所说的"开悟"（有所感悟），不过是些骗人的假象和无聊的空谈，听到这里，人家当着他的面就关上了庙门。

萨摩町的大名听到这位外国博学之士的言论，得知自己（需要格外敬重）的列祖列宗就因为没有受洗而身陷地狱之火时，便皱起了眉头，只有请他到别处去布道。

邻村的领主热情接待了这位被驱逐的客人（本打算从他手里买点火药），他却肯定地告诉人家，鸡奸者势必会被猪所奸。而鸡奸在当时的军队里十分普遍，这位大名也以此为乐，听到这里气得脸色煞白，于是把他赶出门外。日本学者彬彬有礼地邀请他阐述他的教义，毫不掩饰地告诉他，无比仁慈的上帝为了折磨他所深爱的人类而创造了一个强大的魔鬼——这件事情让他们实在觉得怪异，甚至好笑。最终，在功力欠缺的翻译帮助下，他以全世界最难说的语言之一尽力澄清了基督教教义的基本概念，却把上帝说成了神道教的"神"（我们很清楚这个术语的含混之处），把罪说成了神道教的"罪秽"（不具道德含义的"污染"），其余内容又都借用佛教术语，就这样形成了误解套着误解的谜团，我们到现在还没有走出来。

人们经过如此长期、如此谨慎的取舍才终于选定适合自己的道德规范，要想带给他们一套全新的道德规范，确实不是一件简单的事。

他没有被挫折吓倒，又访问了九州岛上的好几个"王国"，并北上首都（京都），尽管饱受抵制，但仍然在京都受到了相当热情的欢迎。不过，他最终只教化了一小拨平民（但他们的那种虔诚是他在印度一例也没有看到过的），还有（根据乔治·桑松爵士的记载）唯一一位地位显赫的领主，只是后者因为身染梅毒而未能经受住洗礼的考验。一五五一年，沙勿略带着一颗破碎的心离开了日本。

尽管表面上很失败，但他的传教之行依然算得上成功。因为比起他的那些抽象概念，日本人更看重的是他给人的好感，而且，对他们来说，教义终归不如一个人的品质与勇气来得重要。因为中央集权的分裂为所有来自外界的事物营造了一种拔风效应。因为，领主们在筋疲力尽的传教士头顶上看到的不是神圣的光环，而是他们如此欣赏的一束火枪。最后，还因为日本刚刚与中国断绝关系，从此，只有葡萄牙的巨船才能给他们带来中国丝绸，而京都的那些朝臣对中国丝绸爱不释手。

至于沙勿略（尽管他的姿态招来了众多的抵制），日本已经赢得了他的心，迷惑着他，引诱着他。这位奋斗者被这个难打交道的国家，被即使不表达出来也能体会到的道德上的某种令人伤感的严苛，被京都一些曾接待过他的寺庙的朴实无华的美所深深吸引。他也被日本国民性中那种源于某种传统的"说不清道不明"的东西所深深吸引，西方人对这种东西并不了解，他的西式词汇也无法让他对这种东西做出界定。

"到目前为止，在我所见过的各国人民中，这个国家的人民大概是最优秀的……"对于日本民族，他大约也只能评价到这种程度。他留下了两位神父，并且要求他的教会再为那些初学教理的精英多找几位神父（一定要优中选优）。教会后来又往日本派了几位神父。

这是一次基于热情、投机、真诚、误会所做的不同寻常的探险尝试，借用日本人今天最喜欢的一个词，可以叫作"吉利支丹热"①。


一五八二至一五九二年，出使

九州岛、澳门、科钦、果阿、里斯本、马德里、罗马……随后原路返回。

"上帝把崇拜者抛到印度诸国的大地上，并把那些不为我们祖先所熟知的新人依次置于他的约束之下……这就是他在新世界（刚刚发现不久，最初还以为是亚洲的某段海岸）上所构筑的形态，新世界比我们这个一味衰亡的喋喋不休的旧世界要大得多……"（一位列日［Liège］的天主教小册子写手就日本使节的到访写下了以上内容。）

沙勿略一走，葡萄牙的耶稣会士便开始了他们的黄金时代，在日本大受欢迎。他们不遗余力地施行洗礼，不再是当年传教初期的小打小闹。出于真心相信，出于好奇，出于对澳门输出货物

---

① 吉利支丹是日本战国时代、江户时代乃至明治初期对国内天主教徒的称呼。——编者注

的极大兴趣，九州岛上的大领主们开始改变宗教信仰，在他们的族谱中，我们可以看到马丁·巴泰勒米、派、格里高利、热尔韦、普罗泰①，包括依纳爵等家族的兴旺发达。儒家传统下的臣民纷纷追随，这些人巴结领主的热情如此之高，害得和尚们只有远避山林。

北方的本州岛上，一位出身卑微但本领高强的将领织田信长正凭借自己的军事才能、宏大构想以及令马基雅维里都相形见绌的出尔反尔把日本统一到他的治下。他不仅迫使天皇把摄政权交到他的手里，而且还准备一举毁掉天台宗与一向宗的军事化寺院，因为这些寺院一直在反抗他的势力扩张，并且与他争执不断，成了持续制造混乱的祸根。他本人对基督教徒以及他们从事的贸易也给予了大力扶持。

在这些诉求不一的利益团体中，有几位颇具才干的耶稣会士充分抓住了佛教溃败的大好时机。这几位都学过日语，不仅会说，也能简单地写一点，而且熟悉日本礼节，知道如何展示自己的"长项"，擅长在见风使舵的同时不在关键问题上做出过多让步。信长很欣赏他们的学识，甚至亲自为他们布菜，就绘图法、弹道学和船舶建造连珠炮般问了一大堆问题，令他们难以招架。尽管他们不时也会走上街头讲经布道，并因为能言善辩在由此引发的论战中不太费力地战胜他们的佛教对手，但此时此刻，看到从禅

---

① Martin Barthélemy, Pie, Grégoire, Gervais, Protais，均为与基督教名人有关的姓氏。——译者注

宗和尚里突然冒出这么一位，所提问题如此荒唐、如此刁钻，把最优秀的神学家都问得"哑口无言"，也就只有打退堂鼓的份了。

除了传教，他们还有什么非干不可的事吗？那就是赚钱、赚钱、赚钱，并且独占这个庞大的教区，那些从菲律宾来的西班牙方济各会修士一直试图染指这里，简直比"异教徒"还可恨。

沙勿略的后继者范礼安（Valiognano）神父一直惦记着这些目标，并为此派出了一个使团去拜访教皇和菲利普二世。使团由四位出身和相貌俱佳的日本基督徒组成。他选的都是十四五岁的年轻人，因为年轻人更能承受旅途的艰辛，更容易被特意为他们安排的场面所打动，还能更长久地为自己所看到的奇观做出见证。为了给这些特使（四个孩子、一位充当保姆的葡萄牙神父，还有一位中国用人）增添更多的光彩，他向欧洲人介绍他们时把他们说成了"九州岛诸位国王的儿子"。

一五八二年春，使团乘坐的轮船驶离了日本海岸。

做母亲的认为她们再也见不到自己的孩子了，忍不住掉下几滴眼泪。周围不时响起阵阵钟声。日本的教堂多达一百五十余座，改信天主教的各界人士加起来足有二十万人；西南方生活悲惨的广大农民对那个承诺他们死后甚至能当上"丰后国国王"[①]的天堂将信将疑，一位基督徒则对此坚信不疑，组织众人进行围猎，以搜捕逃到他们地界上的和尚，并把这些和尚像猎物一样杀死。

使团一去一回用了十年时间，这几位最早游历欧洲的日本人

---

[①] 丰后国，亦即后文提到的丰州，为日本古代令制国之一。——译者注

写了一本日记,耶稣会士从中提取了一段"受到感化的对话"。我们由此得知他们是如何被打动,又是如何度过这十年时间的。一路上,这些孩子对一样东西表现出由衷的喜爱,后来,日本对它的喜爱甚至比对基督的热爱还要持久,它就是西方音乐。

在澳门等待开船的九个月中,他们主要学习拉丁语……并练习羽管键琴,他们似乎弹得非常陶醉。在科钦和果阿,他们都受到盛情款待,所做的事情依然是学习拉丁语……并练习鲁特琴、双簧管和斯频耐琴。在无休无止地绕行非洲的航行中,他们主要的活动就是钓飞鱼……并学习对位法与和声学,他们认为这些知识已经"让日本人喜欢得不得了"。在埃武拉(Evora),大主教为他们做了一场大弥撒,弥撒曲中的那些复调音符大概成了最能让他们竖耳细听的声音。

在罗马,他们穿着武士袍,背着武士刀,穿行于格里高利八世①接见现场的人山人海之中。教皇对他们慈爱有加,让自己的裁缝给他们每人做了四件饰有皱领的紧身短上衣,穿上这样的衣服,任何人都不敢嘲笑他们。

置身这样的奢华、荣耀与喧闹之中,这些年幼的外交官居然无动于衷,把意大利人惊得目瞪口呆。虽然面容呆板,但他们的眼睛却很机灵,很少有东西能逃过他们的视线。当狡猾透顶的威尼斯官员用拉丁语问起他们所行经的那些被葡萄牙人刻意保密的

---

① 此处时间不符,疑应为格里高利十三世(Grégoire XIII,一五〇二至一五八五年)。——译者注

海上路线时，他们很快就能识破其中的某些圈套，任何人都问不出他们一句实情。葡萄牙人带着他们一幅接一幅地观赏名画，先从丁托列托（Tintoret）开始，让他们对肖像画有了基本认识，但无论是"巨幅画作"还是王宫教堂等大理石建筑，都没能让他们生出多少敬畏之心。这些做事认真的日本人用笔记下并用心记住的，主要是各种机械、工具和技术；总之，是所有能实实在在地为他们国家所用的东西。在这次意大利辉煌之旅中，最能激起他们好奇心的（除了弦乐器的制造），就是穆拉诺岛（Murano）的玻璃制作手法，以及佛罗伦萨公爵夫人手里的一把暗锁（他们真是三生有幸），夫人当着他们的面连续开关了好几次。

一连两年，全欧洲都在议论这几位"来自东方的国王"。反宗教改革运动从这些来自地球对跖点的教民身上获得了实实在在的好处，胡格诺教派则为这些远道而来的优秀的教理初学者居然不去寻找"真光"而痛心不已。

一五九二年，使节们（如今已经长成大人）回到九州岛，获得了最高规格的祝福。范礼安拿到了能让他摆脱方济各会修士竞争威胁的教皇敕书……可惜太晚了，此时，距第一道废除基督教的敕令已经五年时间，他刚建好的新教区只有一代人的寿命。

米盖尔·千千石、马丁·原、曼西奥·伊东以及朱利安·中浦[①] 的行李里还带回了——毫无疑问——几份乐谱、几件乐器，

---

[①] Miguel Chijiwa, Martin Hara, Mancio Itō, Julien Nakaura, 此处指上文中的四位赴欧使节。——译者注

他们无意中成了"Karasiku"（古典音乐）的先驱，如今，古典音乐已经成为统治日本高保真音响和"音乐咖啡厅"的一种宗教，不算饮品，《悲怆交响曲》在咖啡厅里只卖二十日元，而这种宗教的先知们，从真福者帕莱斯特里纳（Palestrina）到圣贝多芬，直接进入了庄严的日本万神庙，没有引起任何喧嚣。

但长途旅行的本性就是这样，最终带回的往往都不是最初要找的东西。

岛原藩，一六三八年

进展不顺。不可能顺利。耶稣会士与日本人虽然钟情于彼此，却互不理解。

织田信长的继任者名叫丰臣秀吉，以平民出身成为一代名将，骨子里是一个相当高贵的人。他看到了对外贸易的实际利益，很欣赏葡萄牙神父的个性，邀请他们参加场面惊人的超大"聚会"，所有被京都视为"风雅之士"的人谈及这种聚会都会大皱眉头。而且，只要没有喝得酩酊大醉，他还会以一连串切中要害的问题把他们问得几乎招架不住。但他同时也看到了西班牙人在马尼拉和葡萄牙人在澳门的大炮以及多层炮塔军舰拥有何等威力，看到了日本的耶稣会士如何参与地方的一系列阴谋，如何在与改信基督教的大名们进行贸易时极力保证西方人的利益，以及离他一步之遥的九州岛如何变成了一个"基督教王国"。方济各会的修士们最终还是成功地融入了这个国家,开始大讲先来一步的耶稣会士的坏话,一心考虑自身利益,从而犯下各种把自己逼入绝境的错误,早期的耶稣会虽然也曾犯过类似错误,但已经停止再犯。更何况那次日本使团"到罗马进贡"的举动此时已经成为最令人深恶痛绝的一件事情。

有一句谚语是这样说的:"只要你引外人入室,他就会让你失去自己的家园。"丰臣秀吉开始觉得这句话不无道理。

于是,他采取了行动。

他的第一道敕令限定神父们二十天内必须离开日本,违者处死,同时说明商船依然受到欢迎。但这道敕令并没有付诸实施:只是打了一次招呼,请神父们收敛一些。但日本地面上的各个教会不仅没把他的话放在心上,反而变本加厉,频频制造事端。一五九七年,他又发出第二次警告:作为儆戒,在长崎把二十多个外国神父以及日本的教理初学者钉死在十字架上。

在大约二十年的时间里,驱逐敕令接二连三,却无一见效:教会继续扩张,改信基督教的日本信众为了一个期待已久的殉教机会甚至排起了长队。丰臣秀吉和他的继任者们试图与耶稣会士达成妥协,但劳而无功,只能对所有事情尽可能地含糊其词,力求与他们相安无事。在这种情况下,神父们为了自己的利益做起了中国丝绸的生意,以重新充实他们的现金收入,而且在生意中表现得如此机智,以至于连丰臣秀吉(尽管禁止他们逗留本国)都多次请求他们,希望帮他也做一点"投机买卖"。他们遵嘱照办……在此期间,日本各地也在陆续对他们的信徒执行死刑,每出现一位殉道者,都会让他们多招入十名改宗入教的新人。

十八世纪初,荷兰人开始出现在远东海域,从耶稣会士手里抢走了他们最好的王牌之一。因为东印度公司的商人总是急于成交,从来不给教士们任何机会。从此,日本人便可以毫无顾忌地用"Komojin"(荷兰红毛)对付西班牙和葡萄牙"Nambanjin"(南蛮人)了。

经过十五年的大规模迫害,日本的基督教社团被彻底摧毁。要么不再相信天主,要么就死在十字架上、油锅里、九州岛的火山熔岩里……死得那么热诚、英勇,对尘世充满鄙夷,令西方人既感动又惊讶。因为在日本人的伦理观念中,为领主而死天经地义:就算是一个无赖也懂得这样的道理。更何况领主已经为你而死。在改信基督教的日本人看来,基督已经变成至高无上的大名,而这个令人百般敬畏的社会所负有的全部"债务"已经让位给了它的收益。为基督殉道,就相当于多少偿还了一些欠债。几乎没有人变节叛教,因为这还会使自己"被圣父、圣子、圣灵、圣母和所有天使……",也就是被他们置于一切之上的最高权威弃绝,而并不关心所谓的"普遍福祉"。

最后一幕是一六三七年在岛原半岛上演的。当时,基督徒与饥饿的农民(共计三万多人)混在一起,在四个受洗武士的带领下先后抢占了一座米仓和一座堡垒,顶住了一支庞大的正规军队长达两个月的围攻。城堡陷落时,所有还活着的人(男人、女人和孩子)全部遭到屠杀。而最先打开突破口的正是东印度公司热心借给军方的一艘轻巡洋舰上的大炮,此舰是由东印度公司用在日本赚的钱背地里在地球另一端从对佛兰德斯（Flandres）进行恐怖统治的西班牙人手里买下的。

同年发布的一道天皇敕令规定："无论何种船只一律不得离开本国，违令者死。所有自国外返回的日本人将立即处死……"

日本开始禁止新造远洋轮船，九州岛的山坡上设置了报警员，专门告发有可能出海的可疑船只。

一切都结束了。日本再也没有基督教徒和天主教会了，只有几户乡下人因为用计逃脱，在长达两个半世纪的时间里保留了最基本的圣母崇拜。

日本再也没有外国人了，只有长崎还留有一个小小的中国社团，另外还有一小拨荷兰人，像麻风病人一样被圈禁在海湾的一个小岛上，只能在严密监视下与广东、印度和阿姆斯特丹做一些贸易，不过利润却极其丰厚。

曾经大开的国门很难彻底关上，长崎依然有几个日本人，怀着对科学的浓厚兴趣，在中国船主冒着生命危险走私进来的一批西方书籍中买到了其中的一本。港口稽查员偶尔也能从星相日历和解剖学论著中查扣一本来自北京耶稣会士的《中国基督教理》小册子。于是买卖双方都会被吊死……或被钉死在十字架上，因为当局在取缔这种危险教义时似乎出于疏忽保留了作为其标志的十字架，还在种类已经够多的酷刑中又加进了这种实用、简便、相当有代表性的肉刑。

日本曾经如此迅速地受到欧洲感化，但在接下来的两个世纪里，这个仅以礼貌、瓷器和殉道而为欧洲所知的国家在西方人的记忆里几乎完全消失。

看看十八世纪的文学作品，里面大量描写了休伦人（Hurons）、印加人（Incas）、霍屯督人（Hottentots）、波斯人、中国人、马木留克人（Mameluks）、"东方贤人"以及理论上的"高贵野蛮人"，都是哲人们写出来供国王和主教塞在宝座下面时常翻看的热闹轶事。什么样的作品都有，甚至包括"中国的苏格拉底"孔子。但唯独没有一个日本人。

在此期间，被它自己的敕令、被它环绕全岛的台风和海浪封闭起来的德川时代的日本开始思考，一件本来开了个好头的事情为什么最后会以失败告终，并开始把外国人变成替罪羊或者吓唬麻雀的稻草人，并且赌咒发誓地表示下不为例。

## 九　灰色笔记本

　　我刚从外面回来，走在回家的路上，食品店里有一只黑色的大苍蝇，正趴在非常显眼地堆成金字塔形状的新鲜鸡蛋上梳洗，此情此景突然让我心中充满了一种不可名状的快活。感觉我自己马上要从鸡蛋里破壳而出似的。我走进开在下鸭神社的台阶与长在一块小墓地上的接骨木丛之间的酒吧，打算喝点清酒。这间酒吧是一对韩国母女开的，小得就像一个诺曼底式橱柜。母女二人长着一样的苏人（Sioux）脸庞，一样紧绷在高大颧骨上的晦暗皮肤，一样闪着粗鲁而快活的光芒的黑曜石般的眼睛，一样漂亮的牙齿。两人的神态也是一模一样，举手投足间都像有着神奇能量的魔术师或者托生为人的母狐狸。今天早上的我，虽然感觉有点昏沉，但头脑还算清楚。想必是在无尽的睡梦中把我的旧躯壳留在了什么地方。新的躯壳还处在痛苦与脆弱中，但我肯定有办法在这具新躯壳里好好活上几年；以前那具确实已经不好使了。我在餐桌上看到一幅颜色还没干透的水彩画，上面画着三个柿子：伊莲娜又开始画画了。好兆头。我真希望她能适应这个我曾经如此深爱过的国家。大雨如注，浇在新长出的枝叶上，光线每时每刻都在变化。天空就像一块发亮的海绵，被一只手一松一紧地挤捏着。当天夜里，我在梦中看到了像一连串埃皮纳勒（Épinal）石印画一样排列有序的全套日本史，只是颜色有些刺眼，不时会在某个地方出现某个无名人物、某张或惊恐或内疚的脸庞特写。与一个孩子在幻灯机里看到的情形差不多。

京都，一九六四年四月（观看金刚学校的能剧演出）

剧场又小又暗，因为年代久远，所有地方磨得都像一只铁锅那么锃亮，铺在地上的席子在半明半暗中闪闪发亮。观众不是老头就是老太太，脑壳泛着油光，发髻在闪亮的秃顶上高高揪起。老太太们的脸上皱纹遍布，写满了顽皮与从容。老头们的神色更加麻木，一副无所不知的样子，略显衰老。所有人都在逐行看着摊在膝盖上的乐谱，发出低沉的声音。他们的哼唱回应并伴随着演员们的表演，把舞台与观众席紧密地联系在了一起，比天主教教士与基督徒们的联系紧密得多。与此同时，没有任何人显得做作，也没有任何人局促不安：随时会有观众离席，稍稍猫着腰，以免妨碍别人，穿着布拖鞋一路小跑奔向出口，换换空气，喝口茶，抽根烟，然后同样小心地返回座位，以免漏掉某句对白或者某段特意等着欣赏的谣曲。

……炭火上爆裂的栗子、木屑中狂鸣的蟋蟀是否也算一种音乐？第一次听到这种能剧，我不由得产生了这样的问题。除了地谣的合唱队，整个乐队只有一根长笛和两只沙漏形状的鼓。根据剧情需要，偶尔也会再加上一只更大的鼓。不能不提一下把自己的乐器扛在肩上或者放在膝盖上的两位鼓手：他们的右手手指蜷起，从鼓面上大力抬起，喉结也跟着上下滑动，整个姿势给人的感觉像是承载着难以承受的压力，最后只能靠一声低低的呻吟将其化解。随后那只手便会落下，但不是每一下挥动都会真敲到鼓面，即便敲到也会很轻，手指并不发力。"任何时候都不能过"，作为能剧的创始人之一，世阿弥早在十五世纪就写下了这样的话。鼓声响起之前，偶尔会听到一声很像动物的叫声，类似压低嗓门发出的"嗨——哟"声。但这种不恰当的混音并没有引起观众的笑声。最奇怪的就是，那两位演奏姿势如同受刑的乐师，那些手里紧捏折扇、一动不动站在台上连珠炮般向你喷射出你一句都听不懂的歌词的地谣合唱人员，还有那么缓慢、那么艰难地奏响的音乐，无不拥有一种咒语一般的力量、一种如此灵验的魔力，即便是像我这样刚刚从惊愕中回过神来的外国听众也会由衷地表示"赞赏"，被比自己更加强大的力量带进能剧那种暗夜般的、难得一见的舞台空间。

不过我坐的位置不好：几位"行家"以及专好揭示奥秘的唠叨者十分肯定地告诉我，像我这样对能剧一无所知的人是不会从表演中看出任何门道的，在节目开始之前就扫了我的兴（你有过和精通葡萄酒的行家一起喝光一瓶酒的经历吗？简直就是一种折磨）。因为得到了这样的警告，我一开始就有所防备，但半个小时以后，我却被最出我意料的演出质量迷住了，那就是：力量。

克洛岱尔（Claudel）早在五十年前就曾写道："悲剧演的是事，能剧演的是人。"来者第一次亮相时总是会从观众能看到的通道走上舞台。被称为"shite（仕手）"的主角扮演的既可以是一位地狱之神、一位菩萨，也可以是一个魔鬼、一个幽灵，等等。他所佩戴的面具通常都很吓人；他的剧装（长达数米的厚重锦缎）自有一种难以言表的、阴森恐怖的优美风度。他的角色总是穿着白色的拖鞋，伴着一种特殊的鼓声，步履缓慢得就像噩梦中的人物一样走近观众。他演绎的是能剧所呈现的另一个世界。不戴面具的他所扮演的角色又回到了人类世界：四处流浪的教士、信教的皇后、寻找失踪亲人的妇女。此时的他变成了配角"waki（脇）"，站在剧内剧外两个世界之间，随时准备带来或者承受大家期待已久的安静。他演配角时的剧装（我更想说他的羽毛）要简朴得多，就像大极乐鸟里毛色素淡的雌鸟一样。他会先做一些解说，让观众做好主角出场的准备，他本人也是主角出场的目击者，对主角来说或许还意味着救星。此时的等待充满了紧张，根本感觉不到时间的流逝，仕手的上场成了真正意义上的结束。无论在舞台上还是在观众心目中，能剧都已经结束了。也算一种解脱。

这是我第一次看能剧，看着看着就会打一个盹，好几次走出剧场活动腿脚；每次回来，只要一坐到舞台前面，一看到仕手魔鬼式的棕红色头发（这位仕手在这部能剧中扮演的是地狱守卫），一听到合唱队有如来自九泉之下的声音,就会立刻被带入剧中。"能剧,"世阿弥接着写道,"就像出现在大白天的黑夜。"或者说,就像一张因为被雪塞住而不能出声的嘴。

能剧场。东京,一九六五年五月

从事这种庄重艺术的人无不远离人群,如同活在水下三十米的百年老鲤,默默无闻、专心致志。在因为激动而做了足够多的深呼吸之后,我终于在能剧界交到一位朋友。好几次通信之后,我们才开始了四目相对的会面:这种层次的交往来不得半点草率。他利用见面的机会知道了我的年龄,并由此确立了他的长者地位。资历在这里具有非同一般的重要性。这件事一解决,一切进展都很顺利。何况他还想提高一下法语水平,他的法语说得无比缓慢、无比做作。他穿着衬衣和长衬裤走到专供客人等候的前厅接见我。鬼魂般的窄脸上眼窝深陷,一截一截精心遣词造句的同时,两只白手水藻一般在嘴前不停地晃来晃去。他是观世流(L'écde Kanze)一个演员辈出的名门望族的第七代传人。他大概是继承了父亲的职业,也继承了作为家族传家宝的剧装和面具,而他儿子将来也要干这一行。他把我带到后台,把他的接班人介绍给我认识,他儿子正为下一场演出试装。这孩子也就六七岁,脸蛋光滑得像一颗栗子,眼神充满了非常专业的郑重与忧郁。他戴着魔鬼般的黑色长发,跪在地上一动不动。

"他戴的是葬礼差役的长毛,"当父亲的说道,接着又问我,"是这么说吧?"

"应该说毛发,葬礼差役的说法太文了。"

"对,葬礼差役的毛发。"

能剧界只使用高雅的字眼以及日本任何地方都不复存在的礼貌用语。

每次想词的时候,我这位朋友就会思索、停顿,可以持续十五到二十秒。只要稍有疑问,他就会问我:

"动词'能够'的简单将来时怎么变位?"

"我能够,你能够,他能够。"

"不行!还得更礼貌。"

"没有更礼貌的说法。"

仿佛因为只是一名"左宫务大臣"或者著名勇士的幽灵而需要请求观众原谅,紧裹在华丽剧装中的能剧人物一开始都会先交代他的家谱和他的行程:"我是……的鬼魂,……的女婿,属于……氏族,来自……经过……去往……",并且把古代日本冰凉凄冷的地理图全部展现在你的面前:丰州(Bungo)、越前(Echizen)、大奥(Oku),以及他们所穿行的省份,顶着狂风或者冒着大雪走过的深渊、山口,因为按照能剧的节奏,旅行进展得如此缓慢,以至于你每次走在半路上都会遇到严寒。人们在心目当中想象的西藏小步前行。

这场能剧的主题是这样的:疲劳的旅行者在井边睡着了;一个从前投井的女子亡灵飘出井外,为曾经导致自己落到这种下场的不幸爱情而起舞。旅行者睡醒了，没有来由地为这番梦境所感动（你能感觉得出来），而恰恰是这个梦最后让他走上了开悟的道路。用这类题材，能剧可以轻易地让你保持两个小时的高度专注。我很喜欢这样的事半功倍，说到底，人这一辈子果真能包含比这种生命轨迹更多的内容吗？剩下的无非是剧终前的高潮，而人们有足够的理由可以不把这高潮搬上舞台。

要想被能剧感动并陶醉其中，不必非得成为什么饱学之士。不过有两件事要搞清楚：能剧比西方人对"慢"这个字眼的理解还要慢得多，而且台词的表达（所有主流能剧都有台词）通常都极富诗意。至于面具的风格、击鼓的方式、流派的不同，这些都是只有大学者才会关注的细枝末节，就像菜名对于饥饿者一样，不会具有更多的意义。反过来说，无论是在夜诊医院、外省火车站（那里也有佛教），还是在能看到和尚边喝啤酒边打盹的乡野小庙，总之只要是在能让人想到人生短暂与痛苦的略显寒酸的场所逗留时，曾经无意获得的有关日本佛教的经验知识都会给你增添极大的乐趣。

## 十　德川治世

　　一个难以进入的、对自己实施隔离的国家。这种情况并不新鲜：中国也曾经闭关锁国，并曾在十八世纪告诉英国的使节，它"对他们国家的工业品从来就没有哪怕最轻微的需求"。日本人的骨子里没有这样的自满。他们的自我孤立并非出于骄傲，而是出于谨慎。一开始，这种自省、这种示弱让他们获得了极大的成功。最早的德川幕府成员，或者说他们的谋士，就是一些能将其治下臣民的温良恭俭让发挥到最大限度的优秀政治家。

　　"不要注重享乐，而要献身艰苦工作"，这就是这个新政权的第一道命令——有史以来最严苛的一道命令。这道命令确实带来了收益。征夷大将军（临时君主）把他的朝廷迁到江户（东京），以摆脱旧都的困境，并监视北方的诸侯。他强迫所有大领主把家人作为人质留下。他禁止人们测绘地图、改良道路，以阻止叛乱分子的调动。日本布满了这样的障碍物、检查站，日本历史电影的观众们已看惯这样的场面。沿海与内河的贸易增长得如此之快，让河运船工行业变得越来越富，饱受鄙夷的商人阶层因为限制奢侈敕令而被禁穿丝绸服装，于是就把钱攒起来，借给贵族，悄悄地扩张他们的权力。国家统一已经实现，和平促进了收成的提高，但国家对农民采取盘剥加欺骗的手段，告诉他们，干得更多、吃得更少是他们必须遵从的一项美德。他们服从了，为维系这种脆弱的平衡做出了贡献。社会上还有一个庞大的无职业武士群体，他们只会摆弄佩刀、消磨时间，国家勉强把他们引向了居家艺术：茶道、插花、种菜，尤其是……礼节。

形式主义、极端保守主义、系统化、思想控制。政治监控已经被提升到与美术相同的高度……而且还挺管用。整个国家都在工作，整个国家都处于军事管制、等级划分之下，乃至妓院的妓女都被分成四个级别。如果西方哲学家能够看到这种奇特的机制是如何运转的，他们肯定会惊讶得睡不着觉。

可是人们并不知道。在那段时期，只有一位西方证人，德国医生肯普弗。十七世纪末，肯普弗负责替驻扎在出岛上的荷兰东印度公司商人掌管催吐药和灌肠剂。他记下了他所能了解到的一切，而他那本宏大的《日本历史》至今依然属于珍品。优秀的游记——看看波罗、贝尔尼埃（Bernier）、塔维尼埃（Tavernier）和夏尔丹（Chardin）——通常都是涉及商业的人写出来的，事实也的确如此。售卖、购买和利润都是国际常用词汇表中排在最前面的单词，而生意的艰难会避免旁观者堕入这种愚蠢的经商热，很快，当诗人们开始旅行的时候，这种经商热便在文学作品中兴旺起来。和商人在一起，最不担心的就是价格暴涨。而和阿姆斯特丹的这些批发商在一起就更不用担心了,这些商人倔强、易怒,挺着大肚子在全世界最险恶的海域勇敢地冒险,大臣每星期都要激励他们一番,他们通红的大脸迫使弗朗斯·哈尔斯(Franz Hals)多用了那么多红颜料。只要能让他们进口中国丝绸,出口日本铜,不管日本人怎么刁难他们——搜查、盘问、隔离——他们都可以欣然接受。生意就是生意,何况利润巨大。肯普弗完全有可能出于他的信仰和他所处的时代而犯下这样的错误:把佛陀当成"来自埃及的黑人骗子",把神道教当成日本人很可能在巴别塔下所受到的真正启示的夸张表现;但无论是对权力的性质还是对令这个国家保持高效的无与伦比的公民素质,他都不会搞错。在他的画作中,敬佩之情始终占据主导地位,笔下展现的是一个盛产金银、能够自给自足的岛国:质量上乘的产品,遵纪守法、节俭朴素、爱干净到有洁癖的民众,影响无处不在的政府,便捷高效的司法程序,永远能把诚实与伪善交替运用得恰到好处,简而言之,就是世界上管理得最好的国家。总之,他理解得十分到位。有一条保留意见很有意思:"如果审视一下他们的知识领域,恐怕怎么找也找不到哲学。"他说得对。确实没有哲学。而且可能从不曾有过。取而代之的是一种被篡改了的儒家学说,不仅被提升为国家道德,而且,由于不分场合的随意运用,实质内容已经被掏空了。

一个国家——哪怕是像日本这样俭朴的国家——是不能离开思想而存在的。十八世纪,日本开始从稳定步入僵化:虚伪而吹毛求疵的道德主义,阴郁的保守主义,因为大力宣扬美德而导致

79

人们越发不予遵从。人们艰难地从大米本位过渡到金钱本位，市场的波动让放高利贷者赚了大钱，却让庄稼人破产。被税赋压垮的乡下人除了造反已经没有别的活路，每次都会有几个失业的武士出这个头，最后把自己那具失去了主宰的皮囊也搭了进去。国家定期延长针对外国人的限制敕令，由此维系着一种虽然行之有效却完全限于理论的排外情绪，因为最后的"野蛮人"就剩下这些被禁闭在出岛上的荷兰人，还是由几个胆大妄为者为了调查实情而秘密找到的。对于当时的日本人来说，有关外部世界的所有知识用一个词就可以表述，那就是"Rankaku"（兰学）[①]，而他们希望最先获得的科学就是——你猜对了——军用外科，尤其是"弹道学"。比起那些骗人的观念，这些"Rankakujin"（说荷兰语的）[②] 更相信不会骗人的弹道轨迹。此时，西方与日本的轨迹之间出现了分离：除了几次不起眼的例外，他们彼此已经不再了解，而在一八五三年八月，当海军准将佩里的美国轻巡洋舰队强迫日本开放对外贸易时，他们本来想寻找的是这个地球上一个足够开化的角落，结果却是徒劳，他们对这里的了解相当不够。

---

① "兰学"指江户时代中期以后，通过荷兰人或荷兰语移植、研究的西洋学术的总称。——编者注
② 指研究兰学的学者。——编者注

# 十一　重现的时光
# 一八五四——一九四四年

> 世界变成这样是由野蛮人造成的，
>
> 而我们必须使用他们的武器。
>
> （R. 斯坦迪什[①] 所著《三根竹杖》
>
> [*Trois Bambous*] 中的人物。）

一八五四年二月十一日，人们又看到了停泊在江户湾的那些黑色汽船，对这些汽船，武士们的佩刀、狂妄与简陋的土枪根本奈何不得。佩里又返了回来，想要一个答复。码头上，幕府将军的宫殿里，到处一片恐慌，不得不向人家低头了。

美国逼着日本向它的船只开放了几处港口，并在下田设置了一名领事。不久之后突然到来的俄国人则迫使日本开放了另外三

---

[①] Robert Standish，英国小说家迪格比·乔治·杰拉蒂（Digby George Gerahty）的笔名。——译者注

个港口，并把千岛群岛（Les îles Kouriles）据为己有，这里的归属权到现在还存有争议。接着是英国人，然后是法国。只有愿赌服输的荷兰人要求得到一艘崭新的蒸汽护卫舰，作为利益补偿。不过，这些野蛮人，我们早在两百年前就已经认清了他们的嘴脸。

六年以后，一个日本代表团前往美国，认可了美国强加给它的条约。使节们被这个富有能量而粗野无礼的黄金国度惊得目瞪口呆，在这里，他们几乎走一步丢一次面子，为"大东方"客轮的比例所惊讶，为国会辩论的喧闹所惊愕，在他们的记述中，这种喧闹与江户大市场上鱼贩子的叫卖声可有一比。第一次正式宴会上，站在他们座位后面的仆从让他们觉得如此受到侮辱（在武士的礼节中，在来宾"背后"放一个人是一种极大的冒犯），以至于他们开始用日语商量，是否要去衣帽间取来他们的佩刀，把这些穿着绿色和金色制服的"大肥鸡"全都劈死。但也有尊严迟迟得不到恢复的地方。条约规定进口税最高只有5%，而且在主要港口安置侨民的权利——这一点最让日本丢脸——不受日本司法机关的管辖。其他列强也获得了几乎一样的条件；西方的贸易很快就毁掉了已经处于病态的日本经济，并助长了一种排外情绪，这种情绪并不需要西方的贸易。

长话短说，野蛮人在这里扎下了根，并且随心所欲……这一切都是因为日本人没有岸防炮台，因为那些本打算修建炮台的人都因私看荷兰书籍的罪名蹲入大狱，而且在天照帝国已经出现了某种腐败。

日本要以一种西方在自己发展道路上从未经历过的勤奋来进

行补救了。在九州，那些庞大的氏族能人辈出（有一些对兰学十分在行），他们始终把幕府将军看作暴发户和伪君子。他们一起造他的反，痛击他的军队，让国家重新回到正轨，恢复了民众印象中那种不再让任何人为之担心的天皇形象，并把皇位设在了东京。因为他们要把天皇作为民族伟大精神的象征予以彰显，还因为他们需要这个至高无上的参照物来激发能量，让人们接受他们提出的改革设想。一转眼，所有"守旧的"敕令都被废除了，藩主们的封地也都交还给皇朝；而被剥夺了一对佩刀的武士们，则成了政府内阁、民政机构、新生企业的优秀干部来源。一八六八年四月，刚刚开启"明治"（开明的统治）时代的年轻天皇睦仁，向他的臣民宣布："求知识于世界，大振皇国基业。"

起始于"尊皇攘夷"（尊崇天皇，驱逐红毛）呼声的复兴运动，被继之以一项更加现实的计划：引诱红毛并揭穿他们的秘密。一方面对外国人心怀憎恶……另一方面，在德川家族的最后势力尚未消退的日本，人们又苦苦地等待外国人，并且心甘情愿地求教于他们。但这一次，时间变得紧迫起来。

在日常生活中，日本人的感情进展、工作进度、做事节奏都是由暂停——类似一段默想时间——和突然的加速交替组成的。从明治元年起，人们就开始加速了。

——一八六九年，实行了一次土地革命。第一台电报机开始鸣响；

——一八七〇年，由英国人布鲁顿设置的最早一批导航灯开始在海岸上服役；

——一八七一年，建立第一个西方模式的法院，并通过"法式"培训建立了第一支由应征入伍者组成的军队；

——一八七二年，建立了一座海军兵工厂，修成了东京至横滨的铁路，开办了邮政业务，实行了义务教育。

显然，这一切不可能不引起社会的震动。比如，农民们对这些动不动就像妖怪一样到处兴风作浪的野蛮方式一点也不感兴趣，打定主意一上来就要把它们变变样子。铺设电缆给他们的感觉就像是"基督教巫术"的一次不吉利的表演，随之而来的肯定是要拿人做祭品……他们随即开始反抗。当"秽多"们——某一类贱民——被提升为"新公民"后，北方的乡下人因此被剥夺了从比他们更低阶层那里获得的优越感，所以慌了手脚，开始造反。当局告诉他们："这是天皇陛下的意志……"这句话说完还不管用，于是便派出军队，军队缺的就是实战训练。改革就这样过关了。

这一切，尽管无一不是新生事物，但在不到五年的时间里全部完成！这就是日本对佩里的大炮做出的回应。这也是第一次有一个亚洲国家接受挑战。

位于东京城北的浅草是只有远东的那些大城市才有的娱乐区之一。有彩色折纸灯笼、射箭游戏、杂技表演；有占星师，叫卖带馅煎饼、春药、穿在竹片上的糖渍燕雀的商贩，当众表演的书法，举着一根阳具一样的木棍抑扬顿挫讲故事的街头说书人；还有成排的妓院。

一八七五年前后，人们还可以把眼睛放到一种幻灯的视孔上，怀着猜中后续内容的兴奋踩动踏板，变换图片，一睹外部世界的面貌。这样的机器有一整排，只需花上一"钱"（一碗米饭的价钱），一时间十分流行。看看这——按照当时一位专栏作家的记载——一幅接一幅的画面：

> 伦敦的钢铁大桥比彩虹还长。巴黎的王宫（？）比云彩还高。一位暴怒的俄国将军拉扯着一个士兵的胡子……一位躺着的意大利贵妇怀里抱着她的狗。一只没有束缚的气球飘在空中。在最后一台机器上，人们还能看到赤身裸体躺在床上的美丽女神；她的皮肤白得发亮，只有肚脐下面有一颗美人痣。她的一条大腿蜷曲着，挡住了我们最想看到的地方……［由 D. 基恩（D.Keen）翻译］

现在，如果我们能够再多花一钱，看看观众脑子里的情景——他们可能早就把纸伞换成了鲸骨雨伞——我们很可能会在"新奇"得令人惊愕的旋转木马中间，看到奇妙的机械和令人头晕的"西方式"概念，那是一个令全国都魂牵梦绕的想法："通过西方的考试"并且让他们修改那些丢人的条约。当局准备购买必要的装备了：来一点达尔文，来一点亚当·斯密，来一点人权，非要坚持的话，再来几位美国传教士……如果必须把自己装扮成欧洲人才能拿到考试合格后的文凭，那也没什么关系！礼服太长，礼帽不合适，硬领让人讨厌，鞋子穿得脚疼，特别是跳完玛祖卡舞之后。算了，忍着吧。要是新观念比身上的衣服还咣里咣当的不合身，那也算了，将就吧。冷静下来再做修饰。尤其需要的，是用茶叶和真丝绸换来的那些机器，正是因为有了这些机器，野蛮人才能在这里说一不二。

明治时期的小女孩不是拍着皮球从一数到十，而是唱着一种这样的儿歌："煤气灯、蒸汽机、避雷针（日本人很怕打雷）、电报机，等等。"如今，这首儿歌非常出名，它能证明日本人具有多么优秀的科技才能。她们是不会唱"耶稣、斯宾诺莎、歌德、林肯、伏尔泰……"的，而且她们列举起这些对我们没有任何意义的名称来似乎还表现出了更多的文学性，因为日本在文化方面要求得不是那么明确；碰到什么书就翻译什么书，最初的翻译"成就"居然是家务手册，还有维多利亚时期的平庸小说，这些小说因为颂扬美德而受人喜爱，此外——各种各样的著作还有很多——作者包括主张天性善良的卢梭，还有屠格涅夫，他的忧郁传递着一种我们早已听惯的声音，最后还有儒勒·凡尔纳，因为日本人做事从来不会半途而废，而且，如果现在就要想到"现代感"，那么同样也该想到如何面向未来。

日本对欧洲如此着迷，但与此同时，欧洲对日本却很少关注……只有法国的印象派画家例外，他们爱上了在横滨装船的那些茶叶盒上的标签。都是一些很普通的装饰图案，以我们的品位来看则相当漂亮，而日本人连看都不会看上一眼。让我们在画家们的喜好中再加上几家姗姗来迟的"纸扇厂"和几幅颜色不均的木版画，很快，欧洲将会由此联想到所有的人间幸福。正是通过这种颓废而病态的唯美主义，对技术那么上心的日本——继引发淘金之旅的克朗代克①和水牛比尔的牧场②之后——才得以在西方理想化的地理图上占有一格之地，这一格曾经在相当长的时间里是一片空白。

在以西方概念建造的兵工厂中，有一个概念日本人迟迟不得要领：那就是，拥有炮舰的人如何能够"为没有炮舰的人带来进步"。一八七六年，他们利用最早建成的一批舰船前往朝鲜实施了"佩里准将式的打击"，并像一位大哥似的把一份条约强加给朝鲜，与别人逼着它签署的那些条约一样。一八九四年，伴随着民族自豪感的爆发，他们最终争取到了对自己所签诸份条约的修订。同年，他们进攻中国，无论在陆地还是在海上都将中国军队击垮，并且夺取了大片领土，以至于德国、法国，特别是恰巧想在这片土地上立足的俄国，逼着日本人"为了世界和平"赶紧把土地交还中国。这是一种显而易见的伪善，对于这样的漂亮言辞，日本人是很善于拿来为己所用的。毕竟不能同时对抗整个世界，日本只好吞下了这颗苦果，同时吞下的还有中国作为赔偿支付的两亿三千两白银，后者让日本的国民经济与武器装备获得了新的飞跃。

"在中国你尽可以为所欲为，在朝鲜可得把扑在人家身上的

---

① Le Klondyke，位于加拿大西北的一条河流，一八九六年发现金矿，引发淘金热潮。——译者注
② La Prairie de Buffalo Bill，水牛比尔全名威廉·弗里德里克·科迪（William Frederic Cody），美国西部开拓时期传奇人物，以狩猎野牛、经营牧场和表演马戏闻名。——译者注

爪子拿下来"：这就是年轻的日本外交界连续多年试图让庞大的沙俄帝国大体上了解的内容。说了也白说。俄国在辽东半岛远端修筑了防御工事，长年驻有一支舰队，在符拉迪沃斯托克也修筑了防御工事，成了满洲里事实上的主人，并且把他们的森林开发一直推进到鸭绿江边。日本静悄悄地为战争做着准备，对其中的重大事项格外用心，购买了美国最新研制出来的炸药专利，在他们的军舰上安装了最新式的无线电；而海军大将东乡（Togo）——俄国人甚至连他的名字都没搞清——则让人翻译了他未来对手、海军上将马卡罗夫（Makarov）的著作，并且把它们牢牢记在心里。

一九〇四年二月，旅顺港外

黄海雾气蒙蒙。离海岸好几链①就可以抛锚，不会引起注意。本月五日，一个朝鲜间谍泅水离开要塞，爬上一艘日本渔船，告诉渔船上的人，八日晚，俄国海军上将夫人将举办一场招待会：届时，军官们都在岸上，很可能在为沙皇干杯之后喝得酩酊大醉。那一夜，日本的一支鱼雷艇舰队对俄国海军实施了攻击，把三艘战列舰打得失去了战斗力。直到第二天才正式宣战。在随后的几周内，从朝鲜上岸的日本军队包围了要塞。对旅顺港

---

① 计量海洋距离的长度单位，一链约合两百米。——译者注

的占领变成一次血腥屠杀，也成为对凡尔登战役的一种预示：仅在四公里长的外围地带就死了十万人，其中五万八千是日本人。俄国人和日本人以巨大的勇气纷纷赴死：有些人脖子上挂着圣像，还有些人挂的则是上面已写好死者姓名的盒子，里面将会放入他们的骨灰。在这片尸骨堆上，胜利一方的乃目将军与战败一方的斯提塞尔（Stoessel）将军互相交换了各自的白头发，人们从这一举动当中感受到了他们的风度，从头到尾一直在观战的西方媒体则对此大肆"炒作"。

俄国吃人妖魔……大卫与歌利亚[①]……亚洲的普鲁士人……"武士道"（军人的美德：是日本人逐步用于打造民族神话和虚假历史的一个专有名词，没有十分明确的伦理内容），东乡海军大将：一位高深莫测、富于魅力和神秘色彩的英雄——其实就是一个内行、勇敢、谦虚到不为人知的海军战士，放在哪架机器中都是一个好零件，获得胜利后他明确说道："我的同人中随便哪一位都能打出这样的胜仗。"

在人们只是装腔作势地说着空话大话，老调重弹，并且固执地会错日本意图的同时，对马海峡的战争上演了最后一幕。一九〇五年春天，东乡大将在这里截击并歼灭了俄国人的波罗的海舰队，经过一场绕行非洲的苦难旅程，这支舰队精疲力竭地抵达了战场，试图拯救旅顺港。这是一支有名无实的舰队：勉强拾掇好的装甲舰装载着将船身一直压到吃水线的加的夫（Cardiff）

---

① 大卫与歌利亚均为《圣经》人物。——译者注

劣质煤炭,"现代化"的巡洋舰因为贿赂金额如此巨大而一次接一次地发生海损,由农民水手组成的船员队伍饱受疟疾和思乡病的折磨,大炮则被神甫们每天洒着圣水。俄国人的第二舰队甚至已经处于死人的领导之下:海军少将费尔克萨姆刚刚被高烧夺走性命,他的棺材被大敞着盖板铸进了水泥之中。两边各有一对大蜡烛。对于日本人来说,死亡之敌的魂灵比活着的敌人更加令人生畏。要是俄国人真正了解他们的对手,就该通过无线电大肆传播这段由一个幽灵指挥这艘灵柩装甲舰的故事……但他们却在严守这一秘密。相反地,他们还把船壳漆成黑色"以恫吓日本人",实际上这种颜色根本吓不到日本人,反而方便了他们的瞄准手。

整整三十六个小时,这两队互不了解的人马通过仔细计算的弹道彼此交换着一发发准确命中的炮弹。到五月二十七日晚,人们在对马海峡冰冷的海水中看到了扒在同一根圆木上的俄国水手和日本水手,因数学而兄弟一般重归于好。


"只要还存在有待征服的新世界,日本武士就一定会将其占领。"

(见《日日新闻》[①])

如果欧洲能看懂日本的报纸,它就会在这次胜利后从报纸上

---

[①] 一八七二至一九四三年间在东京出版的一份日报。——译者注

看到很多这种风格的宣言，并可能会意识到，"新生大卫"也有着一副好胃口。只可惜它看不懂。

日本则专心关注着欧洲媒体对其一举一动的评论。它在估量这次测试的重要性；实际上，它在西方眼皮底下通过了最后一次考试：一次"品行端正"的考试。日本军队在满洲里和旅顺港外的品行绝对称得上典范：俄国伤兵得到了令人赞赏的照顾，被俘者得到了人道待遇，吃得比日本步兵还好。没有一例粗暴言行或抢劫事件。足以令欧洲脸红，因为，就在几年前，欧洲的军队曾经没脑子地洗劫了北京的紫禁城。

这样的态度说明了一切：像魔鬼般战斗的俄国农民所引发的尊重、日本参谋本部的高风亮节……当然也要考虑到事实情况，日本人想"以最高分被录取"。（因为在同一时刻，对待他们所占领的朝鲜，他们就一点客气也不讲！因为朝鲜不是评委会的。）

印象极佳。就连红十字会都表示了祝贺。日本学生考了个"最优等"。被人轻拍着肩膀……接着欧洲便设法第二次夺走了它的胜利成果，为俄国争取到"一次彻底的和平"，让它连一个戈比都不用付给日本。

失血过多的日本因为全力备战而严重受损，险些推翻了本国政府，天皇则以那句载入史册的名言让民众平静了下来——因为在广岛之后这句话又被再次提起："知心朋友接受不能接受的，忍受不能忍受的。"

他们忍受了，但从这一天起，我们坚信没有一个外国人能够理解这个国家的德行，而且同样坚信，在日本之外，温文尔雅是很不划算的。

后来的事更加为人熟知，一九一四年，日本曾向德国宣战，这是一场因为距离而未能发动的战争，同时，通过向同盟国提供舰船和军火，日本将其船只总吨位提高了一倍，将其黄金储备增加到六倍。一九二三年，作为世界上最大的城市，东京正舒适安乐时，一场地震以及地震引发的一系列火灾——此时还是九月，在木制住宅中，人们已经生起了木炭火盆（取暖用的露天火盆）——把这座城市摧毁殆尽。死了十万人，还要加上几千个替罪羊——朝鲜人和日本共产党员——在受灾民众歇斯底里的发泄中被杀。

伴随三十年代到来的是一段狂热而阴暗的时光，很多日本人都开始遭殃：占领满洲里，开明政治家和老派将军遭到暗杀，大学遭到清洗，三井、三菱、住友等工业帝国纷纷崛起，它们的机器转得太快，不可能不需要廉价劳动力、新兴市场和征服其他国家。天皇主义（皇室神道）被军人歪曲利用，这些军人与占领旅顺港的那些军人不可同日而语。他们有专横的仇外心理，还有堪比极权国家政治警察的"宪兵队"（武装警察）。最后，是旷日持久的中日战争，其残暴程度一点儿不亚于俄国内战。

日本的形象在西方开始变得暗淡起来。人们对洛蒂[①]的态度

---

[①] 皮埃尔·洛蒂（Pierri Loti），法国作家，曾访问日本，其作品包括以日本为主题的《秋天的日本》（*Japoneries d'automne*）、《菊子夫人》（*Madame Chrysanthème*）等。——译者注

从痴狂转变为藏而不露的反感。日本的自行车十个法郎一辆,手表论公斤卖,养殖珍珠论斗卖,"日本劣质商品"与此不无关联。最初,看到位于对跖点的一个民族以如此高的热忱接受我们的技术,人们都感到十分得意;然而,当仿制品变得足够精良,威胁到我们的市场时,便开始心生不满。人们尖刻地把次品、不公平竞争、"倾销"挂在嘴边,而"黄祸"的说法也重新流行起来。人们以对这个高效而自我封闭的民族的鄙夷聊以自慰,找出了他们的很多可笑之处:待人的那份恭敬,永远挂在脸上的微笑,穿西服套装怎么穿怎么别扭,把微型摄像头藏到领带夹里,帮会和密探到处都是,还有人们在福克斯电影公司新闻纪录片中看到的那些戴着大盖帽、裹着绑腿的小个子士兵,趴在他们的重机枪上,扫射着中国乡村的农民。在民众的想象中,当年那个耶稣会的模范初学者、那个一八八〇年的好学生以及一九〇五年的"勇敢武士",已经让位于某个令人不安的无名氏,其胃口大得让人害怕。

但是,尽管这幅肖像中带有某些真实的部分,人们还是不能因此更好地了解日本。反感从来不曾取代人们所了解到的情况,人们只是通过一个民族的素质来加深对它的理解,哪怕是在它处于衰退阶段。人们对日本为拥有兵工厂、为准备这场对它来说似乎不可避免的战争而厉行的节俭几乎同样一无所知。一九四一年十二月八日(华盛顿还是七日),早上八点,大批的轰炸机和鱼雷机从南云海军大将的航空母舰上起飞,消灭了停泊在珍珠港(夏威夷)的美国太平洋舰队。一个半小时以后,才由日本驻美大使向美国政府递交了宣战书。九十分钟：差不多就是攻击持续的时间长度。对于一大半日本飞行员来说，此时开始的是一场"圣战"，很多人都和外务大臣松冈洋右一样，认为"大和民族的使命就是阻止人类变成恶魔"。

东京，一九四三年六月

健康的男人都入了伍，很多年轻女人或在名古屋或在九州的煤矿为军事工业工作。所以，道路都是由老人们修建的，有时甚至还包括从寺院里强拉出来的尼姑。在一九四三年六月间清扫银座主干道的人会在她们的垃圾中发现两张纸。

第一张是从杂志《滚珠》(Koron)上扯下来的一页纸，上面写道：

"只要天皇诏书坚定日本与天地共存的信心，美国就注定要灭亡……"

第二张是警察局的一道命令，上面写道：

"由于现代化炸药的威力，我们有时不得不放弃找到死者遗骸的希望。所以我们建议那些前往作战前线的士兵家人保留他们的几绺头发或者几片指甲，以避免光荣战死者本人没有任何遗物可以保留的风险。"

必要时，这些纪念物都会放进靖国神社，在这里，所有为国家而死的士兵都被看作神灵。

在每天都在收缩的作战范围内，日本军官入睡时脑袋都会朝向皇宫。在太平洋诸岛上经过一系列短兵相接的殊死搏斗，美国人准备登陆日本。

但是，事态究竟会怎样发展？是投降还是战斗到底？天皇将扮演什么样的角色？这个国家如何承受那些炸弹？人们究竟该怎么办？

## 十二　裕二的诉说，
## 或者一堂有关"虚无"的课

广岛，一九四五年八月
东京，一九五五年十月

  我跟你说过吗（嘎嘎的轻笑）？那个时候我们已经失去了父亲。我们的父亲是帝国大学的日本哲学教授，负责为学生讲解儒家和神道教的文章，这些文章的诞生时间被官方学说倒填了好几个世纪，为的是不欠中国任何事情。作为世界起源的日本……日本人被赋予了一项神圣的使命，所有这些你都知道。他很清楚这些天书究竟是怎么产生的，指望着趁最后胜利时的兴奋——没人对此有所怀疑，因为在缺少海军的情况下，我们的媒体（笑）已经歼灭了敌人——修正这种欺世盗名的做法，把自己的研究成果公之于众。最初的几轮轰炸过之后，他就再没离开过自己的办公桌，每次都是我母亲把饭送到桌上。一九四四年夏天的一个早上，当我和弟弟从母亲带我们进去的掩蔽室走出来时，我们看到，家里的房子已经被炸成千疮百孔的碎片，我父亲脊椎断裂，在一缕阳光的照射下躺在他的办公桌旁。样子像一个侏儒。一剂注射液让他从昏迷中清醒过来几分钟。他请求我母亲原谅他——他很爱她——死得如此不是时候，如此危急的时局却将她一个人丢下不管。对我们这几个孩子则没说一句话，也没看上一眼；我从这种静默中推断，我们这几个当儿子的当得都不合他的心意。老大是唯一一个对他唯命是从的儿子，在中途岛战役中死掉了。尽管我父亲从没对我有过疼爱的表示，但这样的静默依然让我感到很沉重。葬礼结束后——东京已经待不下去了，我们三个就一起南下去了母亲的娘家，就在广岛以南三十公里。

"我被免除了兵役（结核病），我弟弟在念大学，还不够穿军装的岁数，但军队还是动员他到一家金属回收厂当了小工。他正是长身体的时候，总也吃不饱。饥饿让他变得蛮横而暴虐：他总觉得自己缺糖——实际上他什么都缺——一天到晚把'糖'字挂在嘴上。他经常把家里的东西拿去典当，就为了弄到一点糖，这也是我们每天吵架的主要内容。他背着我说服母亲去叔叔家讨了几公斤糖，叔叔当时在广岛医院当大夫。县里的农民有吃的，看病拿药都用实物支付；大夫们手里的食物很充裕，吃不了的都用来换别的东西。那个时候，一趟六十公里的旅行完全算得上一件大事，母亲又累又病，可对我弟弟却百依百顺；她最喜欢这个儿子，就像一般人都喜欢最小的孩子一样。她只在腋下夹了一件换洗用的旧绸子衣服就上了路。两天以后，将近中午时，北边的天空闪出一片很奇怪的亮光，我们得知，一场灾难袭击了广岛，关于这场灾难的性质，流传着各种谣言。我和我弟弟步行进入城市。还没走到市郊时，就看见天空中悬浮着一大片黑灰色。大地还在发烫。在医院原来所在的位置，幸存下来的大夫们涂抹出一块告示牌，约定二十天后与患者和死者家属见面，并建议他们尽快离开。这是我第一次看到用日语写出的'辐射'字样。废墟里传出了蟋蟀和蝉的鸣叫声，它们比我们更耐辐射，在奄奄一息中唱着歌。

"到了约定的日子，我们俩和各家各户活下来的人再次来到这里。告示牌四周围了不少人，身上穿着打补丁的上衣，头上戴着旧军帽，脚上裹着破布：一小群人站在刚刚从天而降的图腾下面，衣着简陋、神色惊慌。从医院废墟中挖出的死人骨灰与遗骸被放到一台磅秤上称出重量，然后均分给失去亲人的人们，以使葬礼能够如法举行。我不记得看到有谁落泪，我想是因为我们都感到过度恐惧：这座烧焦的城市隐含着一种远胜过哭泣与眼泪的威胁。骨殖分配结束后，大家顾不上悲伤，在夜色中各自散开。我们带着包在手绢里的那一份骨殖走上了回家的路程。一路上，我弟弟一直跟我念叨那三公斤白糖的事，述说着他的内疚，到了夜里，他就消失了。

"家庭监护委员会支付了佛教祭礼和墓地的费用，并且告诉我，其他的事就不能再指望他们了。于是我重新上路，经过中山道走回东京，我父亲的房子还在东京。中山道是日本中部的一条老路，由于战争几乎被废弃。走到长野的山区时，已经是秋天：草地被秋水仙和山萝卜染成淡紫色，空气辛辣而芬芳。这个地方的景色非常美，等你哪天有空咱们一起去一次。就连最僻静的道路也挤满了像我这样的流浪汉，靠浆果、清水、蓝莓充饥，穿着草鞋，多少有些盲目地一直向前走去，只为远离一种会让人化为灰烬的生活。那年秋天，日本人磨掉了很多鞋底，（他笑了）而且走路还有助于忍受那些难以忍受的事物。

"我在路上走了四个月，直到圣诞节前才回到家中。在此期间，东京也遭到了破坏，境况跟广岛一样糟糕。在北部郊区，被炸弹赦免的树木和房屋在一层薄雪下闪着亮光；我们家的房子依然立着。走到花园门口时，我看到有两个人影正在门廊上使劲地比手画脚。（看得很不清楚，我在路上把眼镜打碎了，当然，根本不可能再配一副。）其中一个人影拿着一把打开的折刀，被一脚踢飞，划出一道美妙的银光。另一个人影是我弟弟。他和在废墟上做买卖的小流氓们混到一起，在他们的帮助下洗劫了我们家，或者说盗走了剩下的东西。我走得很累，倒头便睡，不再要求他向我做出解释；我甚至不知道这场争论是怎么结束的。第二天，警察抓走了我弟弟，把他关了好几个星期。他那个团伙的混混们把他们卖我家东西赚的钱还回了一半，这样我就能每天早上到监狱给我弟弟送一次饭。服丧之痛扰乱了他的神志。对于母亲的死，他始终不能原谅自己。你很清楚这样的感情对我们来说有多沉重。他除了睡觉就是哭，根本不可能进行理性的对话。作为他的哥哥，我真感到无助，不知道怎么才能帮上他。再没有什么比一个人失落到如此地步更可怕的了。他被释放那天，就留给我一句话，告诉我他要到把家母送走的那个地方和她会合，从那以后我再没听到他的任何消息。他当时只有十八岁。

"和平重新降临,我又变成了独自一人,只有弟弟的幽灵陪伴着我。就像弟弟把他的安静留给我一样,他同时也把他的问题遗留给了我:那三公斤该死的白糖始终在我心里挥之不去。我必须以这样或那样的方式尽快摆脱:去理解,去接受,去原谅。该由谁来负责?为什么我弟弟一直沉默不语?是谁安排这灾难性的剧情?为什么会是我母亲?——你肯定早想到了——她可是我们家最好的好人。我脑子里反复想着这些问题,踏上了通往四国岛的道路,依然是徒步。或许基督徒握有答案?我受雇成了一个美国传教士的翻译,他在高知县①建了一所学校。我要做的事很少,但能吃的东西却很多。我把业余时间都用来贪婪地阅读我刚刚发现的《圣经》。甚至上厕所都带着。罗得、索多玛的天降之火、约伯……好啦!但就算是约伯也没有为了满足自己对糖的欲望而把他母亲送进大火炉,再说他也不是日本人(笑)。传教士对我的身世很清楚,也知道我在发奋苦读他那本神圣的书。他总是在紧闭的房门前忍着便桶的味道踱来踱去,大概是想让我注意到有人走来走去,好让我睁开眼睛。我听得到他鞋子的咯啦声。我真想一下就找到我一直在寻找的东西,既是为我着想,也是为了把我欠他的还给他,但我就是找不到。他是一个很友善的人,但他开始表现出的固执——为了改变我的信仰——发展到我们俩谁都忍受不了的地步,变成了一种痛苦,最后把我惹急了,我就

---

① 位于四国岛。——译者注

离开了他。我又应聘进了一家天主教医院，干得不比以前更好，此后我就远离基督教，重新北上，成了静冈市郊外一座小村庄的小学老师。每月挣四千日元，刚够糊口，有一间公共宿舍，我一点儿也不想住到那种地方。我受不了寂寞，但我除了寂寞一无所有，而且我对寂寞一点儿也不陌生。在我生命中的这段时间里，如果有人陪伴，可能会让我死得更快。

"在明治时期，每个县都会接到修建命令，要在远离人群的地方为地方医院无法收治的传染病人修建一座独立的建筑。后来，在裕仁天皇统治时期，传染病消退，这些森林中的僻静场所也都被遗弃了，国家只在那里留了一个守护人。我一直在找这些废弃的密室，好在里面安身，问了老人们之后才找到，因为土地册都被烧掉了。向着城市北方步行十个小时，见到茶山让位给森林时到了。我在那里还遇到一个来自名古屋的少女，失去所有的家人后，她产生了跟我一样的想法，在这里已经住了好几个星期，逐渐恢复过来。她在市里的医院负责洗锅，每天黎明就要起床上班——把我们俩的工资合到一起，再把从前的菜园子种上，我们才得以坚持下来。就像在祖母们的故事中一样，我们经常去采蘑菇、捡枯枝。周围森林的味道、猫头鹰和狐狸的叫声见证了我们的再生。我们两个人轻盈得如同灰烬，又硬实得如同过了火的竹子。再没有什么能让我们为之遗憾、沮丧和忧郁。我不知道是不是应该谈谈恋爱？（他笑了。）每天我们都会为生活增添一些新的内容。女儿两岁的时候，我们一起北上去了东京。那是一九四八年，我开始为那些重新启动的杂志工作。我们搬了十次家：你很清楚我们这儿出了什么问题。我们的最后一个房东，是一位刚刚改信基督教的寡妇，就住在四谷站后面，离你的房子不算太远。她整夜整夜地向里斯本的圣安东尼① 祈祷，想让他把生活从她那里拿走的一切都还给她：丈夫、孩子、婚礼和服、钱财。她高喊着他的名字，大叫大嚷，连哭泣带跺脚，最后自然是没有见到任何东西失而复得。人们对一种新接受的宗教总是寄予过多的希望（笑）。真让人受不了；我刚开始抱怨，她就把我们赶出了大门。我们仅有的几件东西被捆在一辆手推车上，是她一边哼着歌一边帮我们装的车；她似乎已经忘记了圣安东尼和她的种种抱怨。分手时，她向我们道歉，拉着我的手举到她的嘴边，像是要亲上一下，最后却贯穿我的手掌心咬了一口，咬断了我的两根肌腱。在本堂神甫面前和警察局里，她告诉我，她再也受不了我的眼神。（他笑着向我展示了一道白色的细疤痕，这道疤痕垂直切断了他的感情线。）

"从新年开始我们就一直待在目黑这里。我妻子又病了，盼着我挣到足够的钱好带她看病。我靠为报社工作和做翻译每个月能挣到将近十万日元，喝酒花掉三分之一——酒精能给我带来一点希望——剩下的钱足够我们俩过日子。有了雷米封② 她的病肯定会好。我们俩彼此就像空气，轻盈又透明，谁也离不开谁。如

---

① Saint Antoine de Padoue，是一位出身富裕家庭的天主教圣人。天主教徒在遗失物品时经常会祈求他的协助。——译者注
② 即异烟肼，一种治疗结核病的药物。——译者注

果她先死掉,就像她偶尔威胁我时说的那样,我肯定不会再婚,而且会很难保持现有的活力。你还记得大来皇女[①]一千多年前写的那首诗吧:'二人行一道,犹觉进行难。独越秋山去,如何不寡欢?'"

……我们俩面对面地跪在他家单间房屋中的一张矮桌前。我在写一篇他昨天下午交代给我的文章,明天就要交稿。他在一张画着四百个方格的纸上——一字一格——翻译着我逐页递过去的文字内容。还剩最后一页;太阳升起来了,整整干了一夜。我们低声说着话,因为他的妻子和女儿就睡在我们旁边的席子上。收拾完宵夜的餐具后,她们娘儿俩就去了公共浴室,回来时头发还是湿的。"Oyasumi nasaï(晚安)。"此刻,她们暖暖和和地盖着鸭绒被,像两匹雌马驹一样缩成一团;她们在梦境中翻动着,她们的脚碰到了我们的脚。小姑娘是个只有七岁的奇才——肉乎乎的两条长腿像两只香料面包——她会像已故的塞尚那样用蜡笔画出苹果。做母亲的长着一张幽灵般光滑的脸,秀丽的长发一直垂到腰部,有着一种从容的愉悦:仅仅她的存在就已经是一种恩典,她就是大来皇女。裕二笑着伸了个懒腰,此时,黎明的曙光把就在打开的窗户下排成一排齐步走的白菜涂上了一层紫色。出门上班之前,左邻右舍带着没睡醒的阴郁脸色把本应倒在厕所的

---

[①] La princesse Oku(六六一至七○二年),又称大伯皇女,天武天皇的女儿。——译者注

内容泼向自家的小菜园。他是一个干瘪而声音悦耳的小个子男人，透明得就像一片雪花。他那嗜酒者的眼神顽皮而飘忽，带着被热辣流过全身后的那种幽灵般的、令人不安的轻松。我很明白，他的手被人咬过。当你遇到一个真正自由的人，你就会突然感觉到，你所做的一切旅行和计划都是那么的傻……

……我们坐着最早一班火车去交这份手抄稿。目黑、秋叶原、四谷、赤羽……在东京，生活都是用车站用语来表达的。地铁或中央线上的小站，照在新叶上的高高的路灯。驶过的最后一趟列车，木屐的响声渐渐远去、越来越小，兜售热汤的商贩凄厉的芦笛声——一共只有三个音。流动职业者因为天黑把他们的双轮马车停靠在站台边上。形形色色的市井人物，借出即忘又重新想起的小钱：这一切都出自日本的狄更斯笔下，只是多了一份不可言喻的温柔。灯光之外，有几棵树被夜色淹没，它们的枝叶摇曳着记忆、邂逅、谎言和遗憾。如梦如幻的脸庞贴在蒙着水汽的车窗上。车站像城市中棋布的星座，又像在黑暗中被人拨动的念珠。

## 十三　华盛顿，一九四四——一九四五

人们越是纳闷，就越会意识到对对手的心理一无所知，意识到对方下一步的行动是一个谜，意识到被问到的"当局"总是自相矛盾……总之是意识到一九四四年时的美国人并不清楚日本人是些什么样的人。

他们责成全国最优秀的人类学家之一鲁思·本尼迪克特（Ruth Benedict）好好研究一下让他们如此困惑的那种精神状态，并为她提供了她所希望得到的一切协助：档案，电影资料，翻译，出生在美国、作为可疑分子被关押的日本人。她是一位头发已经变白的女性，对自己的职业无所不知。她的职业素养让她避免了西方如此频繁犯下的罪恶：总想把一切都置于"我们的"范畴之中。她更有着优秀调研员的一种美德——耐心，而且善于推迟自己的判断，一直等到汇集在一起的各种观察结果按照其固有的逻辑自己形成规律，等到拼图游戏中的所有板块自动就位。她从来没有踏上过这个国家的土地，而对她所从事的工作来说，这

很有可能会是一大优势。没有先入之见,也不会分泌出一般人逗留日本之后大多会产生的"抗体",这种抗体会延误她对日本的理解。在研究报告《菊与刀》的序言中,她断言,美国(尽管曾经长期与苏人和科曼奇人[les Comanches]战斗)从来没有与一个如此捉摸不透的敌人打过交道,在承认自己无知的基础上,她开始投入工作。

她以非凡的客观态度仔细研究这种历时千年的文化,就好像研究的是一个新发现的土著部落、一个不知从哪儿新冒出来的全副武装的群体、一个抽象的机械问题。她就这样成功地拆下了日本的钟摆,一个重要部件都没有遗漏,并且第一次成功地向日本人展示了一幅由一个外国人描绘的肖像,以一种略显生硬而伤感的笔触,日本人大致从中认出了他们自己。

有一点保留:她笔下的日本只有七个工作日没有周末。由于远距离研究一个战时的民族,她对这个民族的所有美好时刻——乡村节日、宴会、筵席——几乎一无所知,而在这样的时刻,日本人的所有优点都会表露无余,只要有可能,这个严谨的社会就懂得享受这样的时刻。

她的书不仅对下一代人笔下的日本产生了影响,而且让美国在实施占领时少犯了很多错误。

看到他们在持续二十年的精神专制中所醉心的所有神话都已破灭,战败的日本人感到惊慌失措,在他们看来,这位老妇人似乎是纸上谈兵,但又入木三分地描述了他们的优势、劣势,他们的社会凝聚力,以及她所强加给他们的奴性,"看上去完全没有怨恨他们的意思"，这位老妇人给他们带来了莫大的安慰。

占领临近结束时，没有一座日本城市不设有"鲁思·本尼迪克特俱乐部"，也没有一所大学不讨论她的思想。这股潮流现在虽已过时，但或许正是多亏了她这本书，那些曾经如此长久地彼此偏离的轨迹才得以在不知不觉中相互接近。

长远看来，这一点很重要：如果说，今天的我们已经不太可能继续发展相互损害的艺术，那么，关于相互理解的艺术，我们还有很长的路要走。


圣母医院，东京
一九六四年十二月——一九六五年三月


即便是用幻灯，也拍不出电影：大部分牢固的羁绊都是在智力以外建立的，通过书面表达的只是极少数，一般是通过人们在海滩上或者太平间里看到的文身；通过在站台上握住一只肩膀的两手，而且每一根手指都会保持那份热烈和那份不住捏紧对方的弹性——或许保持的时间会相当长；通过军人们写好的明信片，只可惜因为投寄太过不准而阴差阳错地送到了那些疯婆子手中，从来没人对她们诉说过如此的柔情蜜意；通过两张脸庞营造的静谧，那是两张陷入枕头最深处的脸庞，似乎想要彻底隐没在里面；通过垂死者想从一团乱麻中理出头绪要说些什么的愿望，这样的愿望难得有被满足的时候；通过我们随后打开的窗户；通过一个孩子的头脑,他因为迷失在嘈杂的陌生语言中而哭成了泪人。

勇气啊,我们与它的联系往往比我们自己以为的要密切得多,只是我们很少能想起它来。

Ⅱ

一九五六年，猴年

## 十四 "万事通"

朕亦深知尔等臣民之衷情,然时运之所趋,朕欲忍所难忍,耐所难耐,以为万世之太平。

(一九四五年八月十五日播送的天皇诏书)

最后胜出的决定,就是天皇的决定。

(日本谚语)

通过这几句简短的裁决,天皇向他的臣民宣布了投降的决定,从而结束了战争。就连最偏远的乡村也在惊愕与恭敬中听到了他的声音,那里的很多农民一直觉得这个令人敬畏的声音听上去就像打雷或者风暴。还有一批乡下人这样解读他要传递的信息:参谋本部表现得不够称职,天皇赶走了这些无能之辈,开始与一位更优秀的参事合作,他就是麦克阿瑟。令行禁止:反对他的军官全都自杀了;美国兵们不挨一枪一弹就踏上了已经化为灰烬的日本，只是会在炸毁的村庄入口碰到特意安排在那里等着迎接他们的孩子，手里挥舞的国旗……是"日本的"。

占领（一九四五——一九五二）取得了成功。美国人——那些死硬分子在宣传中发誓要对他们实施最惨烈的报复——表现出了良好的纪律性，而且不计前仇。他们为民众提供食物，维持经济的运转（一九四八年时给了日本十亿美元），推行了必要的改革，先是清洗继而又不太加以区分地大赦战争"责任人"，帮这个国家摆脱了困境，同时，他们也有了迷上这里的机会。善良的天性、扔完原子弹的"愧疚"以及对俄国和中国共产主义的恐惧合在一起，迅速把他们从前的敌人变成了保护对象。另一方面，日本人以从前与美国人开战一样的迅速，与美国人和解了。作为被占领一方，日本人的表现堪称模范。他们的干劲和他们的灵活性，再加上为打朝鲜战争而向他们获得再生的产业所下的订单，让他们进一步得到了恢复。

总之，日本人极好地利用了一次"美国经验"。但再有营养的菜也会吃腻——每天的饭桌上都是它。

一九五五年，重新获得独立后，吃够了美国菜的日本人打算换换菜单，想要古老的文化，比如欧洲文化，特别是法国文化：这个民族曾经产生过雷诺阿、让-保罗·萨特、伊夫·蒙当（Yves Montand）、浪漫情歌，而且同样——这一点拉近了两国的距离——也是在打赢之前先输掉了战争。所以，每月一次的马赛游轮只要一到，记者们就会拥上船去，看看客运主任手里有什么对他们胃口的（什么都行：院士、惯犯、字母派［Lettrisme］诗人）。

从横滨到东京,一九五五年十月二十日

当天早晨抵达的"柬埔寨先生号"游轮没有什么好给他们的:一位刻意模仿达米娅(Damia)的现实派女歌手;一位在轮船上到处散发预言世界末日(就在一九八六年)的紫色小册子并劝说人们祈祷和捐款的摩门教预言家;还有一个在锡兰上船的无名氏,靠在船舱内干粗活儿来凑足他的路费,并似乎在亚洲航线上跑了很多次,真正的目的是什么?客运主任也不知道。

我甚至没听到舷梯放下的声音,轮船就靠岸了。一连三天,我一直在大厨房下面一间酷热的舱房里减肥:通过切菜板,通过蒸鱼锅与大得像棺材一样的滴油盘里喷出的蒸汽。为我打下手的是两个马提尼克(Martinique)黑人阿尔希德和弗朗西斯,从早到晚都在用辞藻华丽、极其陈旧的法语连续交谈着,对话中充满了儿歌、谚语、田园景象,谈话的内容只有一个,那就是阴茎如何进入阴道。这些优雅的、充满色情的絮叨很容易打发时间。就这样在一顿饭的过程中一刻不停地想着做爱的事,确实标志着他们具有快乐的天性。何况气味和酷热让工作变得如此艰难,以至于我们不得不经常停下来,去把我们刚从大厨房灶台上偷吃的"极品多宝鱼"和"番茄蘑菇蛋奶酥"吐掉。在我们这间食品储藏室发黄的、油腻的雾气中,我勉强认出了前来找我的客运主任衣服上的饰带。

别了弗朗西斯,别了阿尔希德,好好玩吧,孩子们。至于我在此逗留期间,这两个片刻不停地把他们心爱的话题挂在嘴上的行吟诗人究竟给了我什么样的祝福,我就留给你们去猜了。

库克船长[①]身上带着一把宝剑,并用一顶双角帽向毛利人的头领们表示敬意。拉佩鲁兹[②]逢人就会送上斧头和蓝色玻璃珠子。斐利亚·福克[③]从来不离他那只装满纸币的猪皮手提箱。我像一只被击到空中的皮球一样轻快地飞上了甲板,除了手里的抹布没有什么可以送人的。现在的旅行跟以前不一样了。

天气好极了。白色闪电一般的海鸥在十月的阳光下飞翔,十月是日本最好的月份。五六个面部特征突出的小个子男人已经把我围了起来,用大白话一般的"日本英语"开始发问:我是谁?为什么来这里?我打算干什么?我对这个国家有什么期待?

每到这种时候(现在已经时过境迁了),像我这样的旅行者全都会在印度的冥想小屋里面睡觉,而不会跑到这么远的地方来。我的对话者们几乎像我一样衣衫褴褛。上衣已经磨得露出了线,眼镜腿用橡皮膏粘在镜框上,但他们的"日本制造"照相机则已经属于精密仪器了,而且,他们的目光灵活、精准,非常友善。他们当中有一个——我那时还不知道——就叫作裕二……"很难,非常难,这事没那么容易。"他们上身微欠着告诉我,在我看来,这种欠身既不算滑稽,也不算巴结,"你当真知道我们过的是什么日子吗?"

---

① 全名詹姆斯·库克(James Cook),英国航海家、探险家、绘图师。——译者注
② 法国航海家、探险家。——译者注
③ 法国作家儒勒·凡尔纳小说《八十天环游地球》的主人公。——译者注

难？这里至少还算凉快！我刚在热带过了八个月，被高温和疟疾幽禁在一家被蛀得不像样的小旅馆里，声势浩大的白蚁让那里变得到处都是木屑。横滨的空气吞进嘴里就像喝了一口香槟酒。

我不太想象得出——最好如此——自己对这个国家有哪些期待。

至于我对亚洲国家的了解，因为太过粗浅，不大会对我构成妨碍。在德里、科伦坡、西贡，我都碰到过待人殷勤而不苟言笑的领事，总是用一块洁白的小手绢一下一下轻沾着出汗的脸颊，每天都要洗上无数次手，不由得会让你想到那些在东南亚温吞而饶舌的动荡中因为既没有消毒剂又收不到诊金抵押物而急得发疯的外科医生。

小时候，我曾经看过泡在一杯水里的"日本贝壳"怎么张开，它们会向水面喷出粉色和白色的花朵，它们的边缘坠着一圈微型珊瑚花，我还在圣诞节的玩具商品册中勾选过世界上最大两艘装甲舰"武藏"和"大和"的万分之一模型（一直没收到货），这两艘军舰如今都已经被击沉。后来，我还听过"蝴蝶夫人"演唱她被抛弃后的那份绝望（用意大利语），还像印象派画家一样端详过几幅版画——当然不是最好的。我同样还记得《八十天环游地球》当中的那个章节，在观众席上找到主人的万事通不经允许就离开了横滨一家马戏团的"人造金字塔"，引起了整个结构的坍塌，让他的雇主们丢了面子。但总之，我很难单从日本人那里估量出这个故事所包含的全部寓意。

傻人有傻福，一向如此。

我下了船，把行李存到"东京中心"，兜里装着一把牙刷，信步走进这座无边无际的城市。一边看着来来往往的脸庞，一边漫步在这条清风吹拂的长街上，真是一种幸福。所有的女人都是一副刚刚梳洗完毕的样子，所有的行人似乎都在去往一个很明确的目的地，所有的劳动者都在劳动。到处都是微型商店，只要几日元，就会奉上一杯又浓又香的咖啡：算得上是一个小小的奇迹，在亚洲待了两年之后，我本已不再相信这样的奇迹。

在东京中心火车站，候车室里的长凳还真是不赖。好在我兜里装着十二美元：足够对付一阵了。出于好奇，我在那些"西式"酒店里转了一圈，想看看这点钱够我在里面住几夜：在第一酒店可以住一夜半，那里住满了长着红棕色头发、手腕粗得像木柴的美国兵；在王子大饭店可以住一又四分之一夜；在帝国饭店勉强够住一夜，这家饭店被弗兰克·劳埃德·赖特（Frank Lloyd Wright）设计成了印加（Inca）或者说"亚特兰蒂斯"（Atlantide）风格，其滑动式地基经受住了一九二三年的大地震。最后我在车站北边的日式小旅馆里住了将近一个星期，每家小旅馆都铺着羊皮纸一般坚韧的席子，住一天六百日元。不过这价钱还是太贵。

那天下午，我在城里漫无目的地走了足有二十公里。空气很好闻。我顺便参观了一个日本摄影展，那些摄影作品的审美情趣如此严苛，已经没有一点动感可言。我看见消防车卷着落叶飞速驶过，车上的铜铃铛撒着欢地叫唤着，像是去赶一场聚会，一串小矮人如同成吉思汗的士兵一般，穿着红黑相间的衣服、戴着护到颈部的头盔扒在云梯上。我在一间俄式教堂里歇了歇脚，听着人数众多的唱诗班充满激情地唱着圣歌，像是在为全城赎罪。那些毫无规划的林荫大道，那些仓库，那些人头攒动的书店，还有那成片的小花园和参差不齐的小房子潮汐一般拍打着一条已腐的运河、一群超现代化的楼房、一条铁路的道床……散了八个小时的步后，我还在琢磨这里算不算一座美丽的城市，甚至算不算得上是一座城市。然后，太阳开始下山，在橘黄色的天空上膨胀着，用剪影在越变越红的天际线上描绘着极不协调的房顶线条，描画着天线、电线和广告气球组成的潦草字迹，接着又描抹出大片大片五颜六色的霓虹灯。我不再自问自答地琢磨这座城市。

从俄式教堂开始，地势便开始向下延伸。将近晚上十一点时，疲惫的我顺着下坡走到一个叫作骏河台（Suragadaï）的小街区，这里弥漫着烘焙咖啡和烤肉串的香味。狭窄的街道布满了一家一户抱着孩子睡觉的人们，到处都是小油灯、灯箱招牌、用电石灯照明的手推车，推车人高声叫卖，低价兜售着最次等的棉布、橡胶靴子、竹子或塑料做成的玩具。街道两边，隔不多远就有一只垃圾箱，把肚子里的内容全都吐到了人行道上。小酒馆一家挨一家。所有这一切都是那么细小、时新，仿佛昨天才刚刚拾掇好，其他的景致同样微小，让整条街道宽大了许多。我饿了。推开一扇大门，门上写着"Shi 咖啡馆"的字样。"Shi"——我问过——意思是诗歌。对这样的店名我一点也不觉得惊讶：我以前散步的时候曾经碰到过两间里尔克（Rilke）茶馆、一间弗朗索瓦·维永（François Villon）小吃店、一间兰波（Rimbaud）

台球厅和一间于连·索黑尔①百货商店（卖旧内衣的）。这儿的人品位还都挺高雅。店里最高的设施是一架大篷车，看到杜米埃（Daumier）的三幅版画，听到电唱机里低沉的拉威尔（Ravel），我多少有点吃惊。一个收拾得很利索的丰满而矮小的女招待，从指甲到睫毛都是"化出来的"，个性鲜明得有如一朵纸玫瑰。一群中学生食客，光脚穿着木屐，一身黑制服，戴着黑单帽，埋头于黑色的课本中一个字一个字地读着，努力抗拒着困意的袭扰。我刚来得及想到：神学院学生……契诃夫，就坐在一张小巧的椅子上睡着了，连吃的喝的都没顾得上点。

将近子夜一点时，老板叫醒了我。餐厅已经空无一人，连灯都关了。他一只手扶着一辆巨大的自行车，这辆自行车之前大概就藏在吧台后面，另一只手拿着一杯牛奶放到我的面前。年轻的脸上泛着腼腆，用蹩脚的英语说道："我叫章二，是一名失业的工程师，也是这间咖啡馆的老板，正在找工作。您要是想找张桌子睡觉，请您不用客气。我得回家了，还要骑两个小时的自行车呢。厕所就在咖啡馆旁边。咱们明天见。"说完就关上门走了。

从公共浴室出来的晚归者不时走过，可以听到他们的木屐在小巷上一抬一落走出的响动，正好和上三度音的节拍——fa，ré，fa，ré。

再次睡着之前，我浏览了散步时买的晚报，好几篇文章的开头依然这样写着："我们日本人不会干这个……我们最好还是借

---

① 法国作家司汤达小说《红与黑》中的主人公。——译者注

鉴……必须改正全民族犯下的这个错误",等等,但能感觉到他们的心思已经不在这里,而且"认罪"之事早已经时过境迁;有关从俄罗斯返回的那些逃犯的新闻有好几条,这些人现在的身份和职业与他们的本来面目和本行毫不相干,还在靠以前发过的横财、频繁玩弄的诡计和处心积虑的欺诈过活。但这些孤注一掷、这些出人意料的做法、这些冒险家的生存方式却活跃了人们的思维,营造了一种开放而生动的气候。在我的印象中,从前的骗术有不少已经在失败中彻底瓦解,到现在还没有恢复元气。日本小学生寻求交换邮票或者征集笔友的广告占了整整一版。一九五五年的水稻丰收打破了历年纪录。生活依然艰难,但"经济奇迹"已经开始产生效益,日本重新开始相信自己的运气。

我走到吧台,仔细审视起码在下面的盒装香烟;它们的名字分别叫作"和平""爱情""真诚""珍珠""新生活"。或许我这次来得正是时候。

## 十五　荒木町一带

想在这里给自己找到一间住房不是那么容易。一个外国人，既然能出国旅游，不用问，肯定有钱。那些做事规矩的经纪人给我提供的都是带有十五个房间的别墅；不太规矩的则根本不相信一个外国人居然能对一间只能铺下四张席子的房间（四五平方米）感兴趣，最后还慷慨地向我推荐起女人。如果他们碰巧拥有某样东西，作为问候，你就得向他们倾注"shkikin"（保证金）、"ken rikin"（顶费）和"tesuryo"（佣金），是相当于十个月的房租。

在这个全世界最大的都城，最好还是一家挨一家、一个街区挨一个街区地侦察一番，每天晚上都找一个名字很特别的地方睡觉：Akihabara（秋叶原）、Yotsuya（四谷）、Otchanomizu（御茶之水）、Nabeya yokocho（锅屋横町），一天比一天更疲倦，但也一天比一天更迷恋这片汪洋，它由长着塌鼻子的脸庞、刷了油的灯笼、洗衣粉、一片片相互倚靠并且弥漫着日本饭菜的酸味和碘盐味道的灰色小木屋汇聚而成。无功而返。到第八天,诗歌咖啡馆的老板帮我找到了住的地方。我买了一张铺在下面的草垫,一床盖在上面的被子,一只填有稻壳的小枕头(在这里居住有这几样就足够了),在荒木町街区一个守夜老头家住了一年。

"町"(cho)指的是小型街区,"木"(ki)指的是木头或者树,而"荒"(ara)木则指的是一种桑树,可惜荒木町已经没有桑树了。

只有向日葵、竹子、紫藤,以及歪斜并且被蛀坏的房子,还有锯末、绿茶、鳕鱼的味道。黎明时分,几乎到处都能听到公鸡此起彼落的报晓声。简直就是一幅无处不在而又奇丑无比的广告,只是配上了全世界最好看的字体。

总之,所谓荒木町,就是这座城市中一个被遗忘的村落,这里有四所艺妓馆,当年曾经很出名。像所有其他房屋一样,这些艺妓馆全都烧毁了,只留下一间很小的"学校",还有很小的一群弱不禁风、过分修饰的年轻女子,弯着膝盖踩着高跟木屐,跑到这里来学习如何演奏三味线,如何把每一步都分解成二十六个明显不同的动作,如何驾驭自己的古典诗人形象,或者如何拿捏暗示自己放纵程度的分寸。但今天,这座城市的艺妓号码簿却把她们贬到第五流——基本上算是很给面子了——而且,这个街区淡出人们的记忆已经有很长时间。没有一份规划会提到这里,出租车司机即便沿着街区的边界行驶,也大多不知道这里叫什么名字。

在东京可以区分出两种截然不同的心态。城南和城东属于"下町"(下城区)心态,也就是船夫、鱼贩和卖菜的菜农所具有的心态，包括手头工具一百年都不变的手工艺者。这里的人们爱说爱笑、古道热肠。只有这里才会对那些留着发髻的"相扑"（日本摔跤）斗士报以掌声，并专出成帮成伙在歌舞伎剧场中一看悲剧就抽气呜咽的长舌妇。说穿了，所谓歌舞伎就是江户的古老民俗。而在更为富裕的城西和城北，那里的人们抱有的则是"山手"（靠近丘陵）心态，更追求名利、更勤勉、更矫情。他们感兴趣的是传统艺术：书法、能剧。他们往往拥有一间西式住房，可以坐在黄铜钟摆下面阅读欧洲书籍。更多的是在营造明治时期的氛围。

荒木町按地理位置属于山手，按心态，则因为多了一点点粗俗而归于"下町"。这里从来见不到外国人，真正融入当地语言的几个外国字只有"kissu"（来自kiss，亲吻），而究其起源，则要上溯到战前；还有"stenko"（来自stinky，发臭），每当雨水把化粪池淹没时（一九七〇年以前，这里是没有下水道的），或者是淘粪工们的卡车停止工作时，人们才有说起这个字眼的机会。荒木町一直处于"东京都市圈"巨大靶标的黑影之中，从皇宫到这里只有六站火车的距离，只需从市谷站沿着一条布满乳香花边木的运河行进十分钟。月明之夜，可以看到情人们在河面上羞涩地划着租来的小船。随后，在两条林荫大道的交会点，你会到达一家清酒小卖店，从这里，有条窄巷会把你一直送上荒木町高地。

在唯一一条商业街的尽头，有一家"咖啡生活"店，这里昏暗、狭窄，极其适合开始一天的生活。开店的老太太梳着精致的发髻，只要张嘴必先请求原谅，讲话的时候会把所有那些尾音全都发出来，来去匆匆的年轻人和城里人正在弃用这样的说话方式。然而，在温顺的外表下面，她却硬得像一块砖头，而且这里的每一个人都知道她是怎么欺压她以前那个当小警官的丈夫的。如果哪一天他敢反抗，她就会以凛然不可侵犯的威势揍他个乌眼青。我们有时会听到人们逆来顺受地这样说道："Sengo tsuyuku natta nowa；onna to stocking。"（战后，有两样东西变得更加强韧：女人和袜子。）不过——不管怎样对女人来说——这两样没有一样属于新鲜事物。

咖啡生活的所有客人尽管都属于本地的街头路人，但它却拥有一张法语唱片：

> 那你告诉我，幸运的珍妮，
> 为什么那些跟你很熟的先生，
> 星期天遇到你，
> 看你的样子像是……看你的样子像是……
> 看你的样子像是（推一下唱针）
> 保管人看着教堂圣器。

我一直在琢磨，幸运的珍妮是出于怎样的偶然滞留这里。这是一张很老的录音唱片，已经让很多人听到了它所具有的异国情调，只是任何人都听不懂它唱的是什么；没关系，它唱的毕竟是"furanzu"（法语），所以很讨人喜欢。

在街道下行一侧，有一座供奉保食女神稻荷神的神社，同时供奉的还有作为女神同伴兼使者的狐狸，神社与一座锯木厂并肩坐落在一小块长满青草的背斜谷地基上。不刮风的时候，在一片稀薄的香火烟雾间，可以听到"纸芝居桑"①（纸戏剧先生）的尖叫声在空中升腾，他正让他的儿童顾客为他的故事着迷。他往一只固定在他自行车上的箱子里插入十几张纸板画，然后再一张一张地抽出来，一边用画片表现他的故事，一边用一种不太可能发出的打嗝一样的声音唱颂着故事情节，他的声音一会儿充满哀怨，一会儿又气势汹汹。故事里面有妖怪、强盗、龙，也有决斗。讲述形式与神话图像融合得十分随意：可以看到一只老虎匍匐在圣母玛利亚脚下，一个武士在驾驶潜水艇。等到观众聚得差不多了，这位戏剧先生便停止讲述，开始兜售起五日元一只的手镯。兴致高的日子里，他能用一个从来没讲过的故事赚到两百元，然后马上去喝个大醉：这行干长了就会口渴，电视的竞争又让他心烦。

荒木町的房屋全都不上锁，即便上了锁也很不结实，一个孩子就能拧开。糊在房门玻璃框上的纸张开着破洞，门内狭窄的前厅里，居住者的鞋子排成一排，鞋尖向外。这办法很实用：路过的时候只需瞥上一眼就知道田中或者森田在不在家。偶尔会有某个小偷——当然不是本街区的——趁大家午睡的时候光顾一圈，

---

① 纸芝居，二十世纪三十年代以及"二战"后日本流行的一种街头戏剧、讲故事的形式。——编者注

随即拎着最好的鞋子像一阵轻风一样消失不见。这样的打击很沉重，因为一双体面的皮鞋怎么也要花掉一个工人四分之一的月薪，只是人们不会为了这种小事麻烦警察。

警察局就位于街区边上K大街的尽头。在这里，每位居民都有一份属于自己的档案——出身、年龄、犯罪记录、诚信度、品行，等等，那些"包办婚姻"的牵线者会在这里仔细核对客户的信誉。除去每天固定的柔道时间，三位警员一天当中基本上没有任何事情可做，就算有也只是在他们的笔记本上为那些寻找某处地址的可怜人画出详细地图，因为东京的大部分街道都没有名字，而且所有房屋的编号都不按顺序，只按建造日期排列。为了打发漫长的下午时光，他们无休无止地沉浸于围棋（这是一种跳棋游戏，比普通跳棋要灵活多变得多，一方的棋子会通过极阴险的突袭手段围住并吃掉对手的棋子）。当棋手中的某一方处于这种危急时刻，需要采取最为谨慎的应对措施时，他就会给邻近警察局的警察打个电话，后者就会跳上警车，火速赶到，审视棋局，助他一臂之力。如果听到他们鸣响警笛，那很可能就是为了这档子事：荒木町算得上是一个很平静的街区。

如果警员们想看打架，随时可以到当地电影院去看：隔壁就是电影院，五十元一位，第一场上午九点开始。观众们盘腿坐在硬木座椅上。尽管不许抽烟，空气中的烟雾依然很浓，只是每位烟民都会把烟遮住，以这样的留意表达对法律的足够尊重。这里放映的主要是"武士片"（武士电影），这类电影只需三周即可拍完，在日本的影响力相当于西部片在美国。到了夏天，有时还会放一些鬼片，就是日本封建时期的一些凶险传说，直到现在，每个人都能强烈地感受到这些传说的魔力，传说中总是有很多鬼怪，红棕色的鬃毛耷起老长，额头上还带着一块三角形的伤疤，谁见了都会害怕。它们在夜色中飘荡，见人就吃。

这股喜欢看鬼片的乐观之风算是白刮了，因为这里的现实同样遇到了恐怖的幽灵，让人担心的程度几乎赶上了吃人的妖怪。雨水出现了放射现象，所有报纸都在第一版提到了这件事：当西风刮来，辐射超过正常值一百倍时——西伯利亚方向爆炸了一颗炸弹，人们的表情和神经全都绷紧了。每到八九月份，以女性化的优美名称命名的台风就开始降临，电台每隔半小时都会发现一次它变幻莫测的行经路线，此时，人们一边观察黑色的天空，一边用草绳加固那些轻得不能再轻的屋顶，它们很容易被风吹跑。上午有时候还会发生地震，一只无形的毒手会不停地摇晃房屋，就像要从上面摇下果子一样。晃得特别厉害时，或者第二冲击波把地板掀起来时，我看到邻居们从木楼梯上跑下来，一张苍白的脸像攥紧的拳头一样缩在一起，比地震本身还吓人，已经让人认不出他们平常的模样了。各家晚报的标题都是"地震力三度"。这个三度是在理论上任何一次震动都不曾达到过的八度序列中的三度。烈度是按对数计算的，所以，三度地震力就相当于一度地震力的一百倍。一九二三年，一场地震力为四到五度之间的地震彻底摧毁了东京。而这一次，除了被抛出水池外面、在绿色的草地上默默等死的金鱼，没有其他遇难者。

最后，米价开始对人们少得可怜的预算产生影响，街区里，人们的情绪跟着米价的涨落而起伏。荒木町虽然没有人落到要饭的地步,但人们普遍开始慎重对待上供的祭品,很多人就想靠祭品风光地保住自己的面子,"还得把孩子打扮得很光鲜"。人人如履薄冰,手里没有储备,收支平衡如此难以保障,哪怕是再不起眼的意外——一次考试失败、一场大病、某位亲戚欠了债——都有可能让收支失去平衡,让人们"像箭一样直截了当地"把结婚时的和服或者家里的电视送进"Ichi-roku-ginko"(字面意思:六分之一银行)当掉,"所值无几"。

不冒风险,在什么阶层说什么话,凡事不要轻举妄动:遇到这种特别倒霉的时候,狄更斯和左拉笔下随处可见的那些大城市中的小百姓从中学到的就是要事事小心,掌握了这一点才能事事顺利。

对于荒木町的小百姓们来说,所谓的大城市并非他们不经常去的东京,而是往西面走一刻钟就到的新宿区,那里的灯光把天空都染红了。作为卫星城、购物中心和郊区的铁路枢纽,新宿区还是只在远东地区闻名的众多娱乐区中的一个。这样的娱乐区东京一共有四个:银座最精致,是日本人专门留给苦于过不上"夜生活"的外国人的;浅草既有信教的虔诚又有生活的放纵,在这里,参观观音庙成了更实在的消遣活动的吉兆;池袋又脏又乱;还有新宿,德川家族的摄政者们认为这里对人们的诱惑十分有害,曾经两次把这里夷为平地,全都种上了水稻。结果发现,这里每次恢复之后都比以前更有活力:受大众欢迎的电影院,电影爱好者俱乐部,烤肉店,中式博彩店,麻将馆,一直开到十点、可以站着阅读而永远不用买任何一本书的外国书店，以木板和稻草搭成的酒馆，里面有用日本最好的清酒煮的贝壳，一群一伙用纸牌算命的、看手相的、占卜的在街边的油灯下言之凿凿地讲述着那些给人以希望的理由，人们太需要这样的理由了。再加上三层高的顿斯科依（Donskoï，高尔基一部小说的题目）酒馆，多愁善感的左派人士会到这里背马雅可夫斯基的诗，听布莱希特的戏剧，演唱那些反映日本古老行当劳作艰辛的"柳節"唱段……尽情施展一番，然后才又回到自己的座位。他们一直受到身着俄式衬衫的大学生们的支持。老鼠，垃圾桶，脱衣舞。最后，还有"风月堂"（映在窗户上的月光）迪斯科咖啡厅，里面挤满了头戴巴斯克贝雷帽、看不出是男是女的放纵艺术家，这里什么样的古典作品都能听到，从帕莱斯特里纳到勋伯格（Schoenberg）。街区下面，有三条平行的街道，街道上挂满了巨大的灯笼，散发着草药、消毒剂和廉价香水的味道。自一九五八年起，这里的妓院就全都关了门，可惜！但在猴年时，它们在这里可是一间挨着一间的。隔着门就能听到里面的出气声和低语声，透过半开的门扇，过路人还能瞥见以镶嵌形式装饰在最里面墙上的马奈的《奥林匹亚》，以及在火盆上滋滋作响的巨大的生铁茶壶。每到星期天，一家女权协会的广播车都会缓慢地驶经各条小街小巷，一个恭敬的声音在麦克风中一遍遍重复着："出卖肉体是一种罪恶。"姑娘们看着这辆车笑道："欠了父母的恩情不能偿还，那才是更大的罪恶。"她们当中有很多人之所以干上这行，只是为了减轻家里负担，或者是帮某个兄弟姐妹交学费，而此时，她的这个兄弟姐妹可能正戴着学生帽趾高气扬地在城市的另一端走在一条与这里十分相似的街道上。她们穿着衬裙站在门口，不是呼吸新鲜空气，就是对着瓶嘴大口喝牛奶，或者帮去买东西的邻居照看婴儿。她们多半都是被贫困从西北部省份驱赶到这里来的乡下人。她们会尽最大努力帮助城里人排解生活的烦恼，并且希望能有一到两个季节的休息时间，好在城里开个小买卖，或者嘴里镶上几颗金牙、买几件首都产的小玩意儿、带着足够多的钱回到她们在岩手县或者青森县的乡下，找个男人嫁了。她们一般都能如愿以偿，没有任何人会对她们的过去说三道四。而且，正如《体面的乡间聚会》[①]中的艺妓所说："一个结了婚的妇女和一个'o-jorosan'（妓女）到底能有多大区别？她们哪一个都不是自己选择的命运：所有的好处都被她们的父亲大人捞走了⋯⋯（托马斯·劳卡）"

新宿的犯法者还不算太多。不过，警察偶尔也会封锁一条街道、一座电影院，检查身份证，把所有人带到局里。人们在里面一待就是几个小时，只能抽抽烟，和行动不便的老克兰比尔[②]们开开玩笑，后者主要是一些流动商贩，因为被抓而恼火，挥舞着他们或过期、或伪造、或被汗水泡糟的执照表示抗议。阳光把警察局地上的席子染成了金色。偶尔，会有一个警察站起身来，往茶壶里倒点

---

[①] *L'Honorable Partie de campagne*，法国作家托马斯·劳卡（Thomas Raucat）的小说。——译者注

[②] 法国作家阿纳托尔·法朗士（Anatole France）小说《克兰比尔事件》（*L'Affaire Crainquebille*）中的主人公，一个因得罪警察而蒙冤入狱的卖菜老人。——译者注

开水，或者把某人训斥一番——他们就喜欢这么干，但他们很少做笔录。勃鲁盖尔①与北斋②之间的气氛还是相当质朴的。

众所周知，大搜捕会在人与人之间形成一种十分牢固的关系，即便是一个外国人，也有可能在新宿游走不定的人群中交上几个朋友。而在荒木町就不太容易。不是因为当地人排外，而是因为在他们的想象中，外国人总会带有很多来自异国的习惯、让人难以接受的嗜好和特别奇怪的念头，外国人之所以做事莽撞、让人搞不懂，原因就在于此。他们观察我已经有好几个月，但一直不跟我说心里话。因为在这里，人和人之间的关系很少产自个人的心血来潮，而几乎总是通过这种或那种形式认教父教母、收养或者全族一致通过的结果。我显然已经把日语口语中能学的都学会了——至于书面语言，那两千个表意文字可能需要学上好几年，各大报纸只限使用这些文字，它们构成了某种"通俗文字"。我是从记谚语开始学起的。所有涉及不幸、悲伤、噩运的日本谚语都有一种很强的表现力。"胡蜂蛰在流泪的脸上"完全可以和我们的"祸不单行"相媲美。其他的谚语虽然也都像我们那儿常用的谚语一样说教、一样平淡、一样老生常谈，但以我个人的浅见，它们却有着被至少三代默默无闻之辈所了解、所认可的优势。谚语不一定非要有所指，它的作用在于消除疑虑：人们

---

① Pieter Breughel（约一五二五至一五六九年），尼德兰画家，一生以农村生活为创作题材，人称"农民的勃鲁盖尔"。——译者注
② 即葛饰北斋，日本江户时代末期的浮世绘画家。——译者注

至少知道该向何处去！不管怎么说它们的作用还是很奇妙的。每当我把谚语运用得恰到好处时，都会引起人们难以相信的惊愕，通常，外国人说日语时哪怕体现出一点点熟练、博学和贴切都会受到他们的欢迎……"O-djosu nêêêê！"（他可真是个天才！）恰恰是这同一句话，还可以表示："多下点功夫吧，还差得远哪……"但这句话用在这里可不是这个意思，这些人一点儿恶意也没有，只是出于防人之心，而且，尽管万事俱备，在没有找到脱身办法之前，还是不太情愿与我建立联系。

另外一个表明大家都是一家人的方法，就是对自己的个人卫生要特别留意。我的房东全都睡在席子上，四个人挤在唯一的一间房子里，完全就是把自己的脚放在邻人的脖子边上。隔壁如此，对门也一样。但住得这么拥挤却一点味儿都没有，因为在日本，想把自己弄干净用不了多少钱：只花一个苹果的价钱就可以让人把一件衬衣洗净上浆，而在"钱汤"（公共澡堂）连洗两晚也只需要一杯咖啡的钱。迫不得已时，一个日本人可以犯下几宗诈骗罪、经历多少回起起落落，还能指望得到宽恕，但如果不是每天晚上都洗澡，那这个人就完蛋了。外国人就更是如此，从最早乘船到来的葡萄牙人和荷兰人开始，就以特别不讲卫生而出名，只需闻着味道，就可以毫不费力地跟上他们的行踪。而且，日本人在各种形式的沐浴中还可以同时从礼仪和卫生两个方面享受到乐趣。每逢街区的"祭"（一个赎罪的节日，也是一年中最令人期待的日子，这一天，平常那么有节制的男人们也会喝得酩酊大醉，抱着沉重的神龛步履蹒跚地在狭窄的街道上走来走去，神龛可以祛除疾病和魔鬼），还是跟清洁有关。

钱汤里进行的是同样的赎罪，同一街区的人们每天晚上都会在那里相遇。

"男人"一侧，当地的年轻人喜欢在布满镜子的房间里得意地打量并比较各自的肱二头肌。进门要花二十三日元，可以领到一只用来放衣服的篮子，然后，便跪到水池周围带斜坡的一圈水龙头前，先打肥皂再冲水，接着再进到滚烫的大水池（四十八到五十二摄氏度），加入突然变得外向而饶舌的邻居们之中。你在任何其他地方都不会见到如此容易接近的日本人。选举之前，有些议员甚至会利用这种"放松"形式，在快没到下巴的水里给怡然自得、解除武装的选民们灌输他的思想，最多的时候一天能洗上十回澡。

在荒木町的钱汤，高峰时刻就是电影院散场以后的那段时间。年轻人成群结队地拥入：或吵吵闹闹，或趾高气扬，或忧伤不已，主要取决于刚刚看过的是什么样的电影，他们占据浴池，激起道道水浪。将近半夜时分，这里继续接待不吵不闹的客人，他们都是泡澡爱好者，不是闭着眼睛享受，就是在水里玩玩具——塑料天鹅、潜艇模型，都是连小孩子也不玩了的玩具。这些客人都是本街区的精英人士，包括邮局员工和下班很晚的警察，每天凌晨四点都得到筑地大市场的鱼市去买鱼、喜欢下午睡觉的鱼贩，还有喜欢不声不响地洗澡的纸芝居表演者，之所以不声不响，是因为他白天已经在一片围好的、空无一物的场子里表演了一天的打仗，在整段整段的军国主义表演和口号中，被人或不小心或无聊地涂了一身的文身,那些军国主义表演和口号早已过时,只为引人发笑。

"女人"一侧只是由一段半高的隔断与另一侧隔开,隔断上部开有孔洞,一家人可以通过这个孔洞说说笑笑、互递香皂和搓澡用的马鬃手套。以前,男男女女都是在一起洗澡的,这块隔板只是对西方清规戒律的一种让步,当时,日本太想取悦西方了。它是多余的。日本人并没有被沐浴时的裸体扰乱身心,他们对此太习以为常了,好吧!就算,出于例外,他们的身心被扰乱了,罪过何在?在这个问题上,他们比我们要自然得多。面对我们这个人人穿着长衬裤、入水之前要自找那么多麻烦……然后却用表现"商业"或"工业"的丰满裸体女人雕像来装饰公园的社会,他们大概困惑了很长时间。

像所有日本人一样,荒木町人也都是些非常认真的摄影师。在这份迷恋中,我不认为所谓的造型感觉算得上多大的事,不过倒是很敏锐,让人看见照片就能产生很多想法。因为我那个邻居照出来的照片全都一个样儿。照相其实就是把值得纪念的时刻留作回忆的一种需要——婚礼、游览风景名胜、颁发证书,此时的人们太过专注于布置和头衔并且乐在其中。属于对追忆以往生活的一种爱好,追忆过去总比设想未来容易得多。邻居热衷于制作家庭相册。造访他家时,我刚一落座,他们就在我的膝盖上摆一本相册,以消除相见最初几分钟的尴尬,希望为我找到一个不费脑筋的谈话主题,比如奈良的母鹿、阿苏火山、日高的寺庙。

这样的相册我看了至少一百多本,比最大牌摄影师的系列作品更能加深我对这个国家的了解。我总是很难认出接待我的这家主人,因为焦点是对到一位长兄身上的,这位地位最高的长兄坐在最前面,离后面的人群足有一米远,形象也发虚,只是程度不一样,也显得朦朦胧胧。算了,认不出就不认了。我还看到了这家的叔叔,以及一丝不乱地梳着笔直发髻站在寺庙外墙前面的好几位老太太,还有脸蛋滚圆、戴着阴森的黑色中学生帽的小孩子。随着册页的翻动,我在他们日见瘦削的脸上和负担越来越重的眼神中看到了生活雕琢的痕迹,映入眼帘的是一个俭朴、内向并且悲凉的日本,的确不是我们从说明书上看到的那个日本。

我住的这条街道上,即使再穷,家家户户也都会在很显眼的位置挂上他们家的照相机,就像我们那边挂结婚花冠一样。如今,他们可能全都置上了"美能达"。可是,令人失望的是,不管拍照的时候离得多近,从这些简陋的成套"盒子"里出来的人像还是特别小。我是唯一一个,或者说几乎是唯一一个拥有一台体面相机的人,经常被人要求帮忙拍上一张:卖烟的商贩想要一张"摆好姿势"的照片;四下里不时有人希望在剃头之前给婴儿拍一张纪念照,因为夏天快来了,皮疹也快出了;女理发师很想给她的情郎寄去一张把她拍得很上相的肖像照,他最近都不怎么给她写信了。我把她的脸蛋修得很到位,一看就是一个柔弱而面色苍白、不指望自己有多迷人的小妇人,借助照明、卷发器的摆弄、不清晰的背景,我终于把她变成了病怏怏的伊冯娜·普兰当[①]。

---

① Yvonne Printemps(一八九四至一九七七年),法国女歌手、电影演员。——译者注

在荒木町，受人恩惠显然不会不予回报，我的效劳为我换来几样小礼物：两个鸡蛋、一盒螃蟹、一张澳大利亚邮票，还有我晚上回家时在门口发现的一个梨，包装隆重得就像里面装的是颗钻石。把这些宝贝全都收好之后，我成了一个什么都干的摄影保姆，所到之处，各家的房门开始关得不那么严实了。

四月，春意早到，来去匆匆。五月，天气骤然沉闷。六月的季风意味着雨季（la nyubaï）的到来。每天晚上，天空都会变成铅灰色，然后下一场雨。到处都可以听到雨水滴在小阳伞上面的回响声。空气湿度极大；没有一样东西不是湿的，七月一到，房子里的热度就从三十摄氏度转到了三十五摄氏度。老太太们光着胸脯躺在她们的棚铺最里侧，边扇扇子边叹道："Saa……atsui！"（这天儿可真热！）为了给自己鼓劲，人们纷纷在门口挂上小铜铃铛，那种美妙的声音听着就让人"凉快"。年景不好，人的精神头都热蔫了，雨季刺激着人的神经，表面看上去虽然昏昏欲睡，内心却很爱记仇、暴躁易怒。有一天晚上，我们街区警察局的三名警察——就是那几位踏踏实实玩围棋的棋手——把一个骂了他们的妓女狠狠地教训了一顿，导致妓女死亡，几番含糊不清的解释之后，他们被调到了别的地方。我是偶然在报纸上发现这条消息的，因为我是本地最后一个有可能被告知这个故事的人。中风和湿疹大行其道。跑在路上的重型卡车司机开着车就睡着了，把罐槽卡车变成了棺材卡车。自杀率上升，放高利贷的人数也在上升。商业萧条。最穷的人家，"obasan"（老奶奶，她们不太容易受骗上当）已经夹着小包袱，迈着拖沓的步子踏上了去往当铺的路。年景不好。

我的房东太田桑有一天来看我,想"打听一下我的健康情况"。以这种方式巧妙而精确地提醒我欠他一季度房租。他的生意不太令人满意,这一段,他所制作的丑陋的小型办公家具没什么销路:这种天气,谁还会在热得像火炉一样的房间里把膝盖卡在桌子底下办公?我也不会干。日本杂志已经有很长时间没有买过我一行文字了。等待时来运转的同时,我每天的生活费不到六十日元(一个法国法郎):洗衣店十日元(很重要),公共浴室二十三日元(必不可少),面包十日元,牛奶十日元,一个鸡蛋(按重量称)七日元,只要我能找到足够小的。想抽烟都是用航空信纸卷上烟斗里剩下的旧烟丝,再用稀饭粘上。太田桑看到这里——这儿的人从来不会自己卷烟抽,便带着抑制不住的、孩子般的、迷人的笑容起身走了。那张老脸布满皱纹,脚上穿着补过的袜子,西服套装的肘部、膝部和臀部"凸着鼓包",一口黄牙参差不齐,简直就像一只色眯眯的兔子,还是有蛀牙的。我送了他一根,被他当作珍贵的纪念品放进了钱包,大概逢人就要展示一下。关于房租从此再没提过一句。从这一天开始,街区的人变了,向我敞开了心扉,让我看到他们一直小心隐藏的弱点,向我讲述我早已知道的三个宪兵的故事:谁都有一时压不住火的时候,一个自己卷烟抽的人是很能理解这一点的。这样的人不可能不给任何人面子。他们挤了挤,给我腾了块地方。挤进个瘦子问题还不大。要是胖子,那就该挤得受不了了。

## 十六　墙脚

鼠、兔、马、鸡

牛、龙、羊、狗

虎、蛇、猴、猪

这就是古老的中国十二生肖，日本人用来表示年、月和每天的钟点。一九五六年是猴年；一九六六年是火马年，忌生女儿。

猴年的羊月，我还以为我终于可以摆脱困境，一家杂志约了我二十页稿，交了稿就能得到两万日元，是关于……伊拉斯谟和加尔文的!？日本是一个"飞速发展"的国家，那年夏天就处于高速的"文化飞跃"之中。每天都会有新的期刊成立，为这个国家带来外国以前生产出来的最稀罕、最巧妙、最精致的东西。每天，也都会有同样多的期刊消失，连第三期还没出到。预算太微薄，办公室只有一丁点儿大，编辑们饿着肚子却干劲十足……而且心气高得没有止境。但丁、巴尔扎克、莎士比亚，怎么样？这些人众所周知！而且很适合在地铁上阅读。不行，大家想要的是轻量级的、学识渊博的、不太出名的：与其写卢梭，不如写施南古尔（Senancour），与其写巴赫，不如写布克斯泰胡德（Baxtehude）。所以，才会让我写伊拉斯谟和加尔文。幸好东京有不少图书馆，我可以用最后剩下的一点钱就这两个人物抄录比我的见解更权威的见解。我去神田区一条小街——步行一小时——交稿的时候，发现编辑部倒闭了，办公室关门了，主编见不到人。傍晚的时候我终于又找到了他：他已经应聘成了一家"ero-zashi"（色情杂志）的杂文作者。他立刻摘下上衣把我拉到了一家咖啡馆。我把稿子搁到他的眼前："我拿着加尔文有什么用？我又不能把他当饭吃！我已经一块钱都没有了。"他摸着下巴，闭着眼睛嘟哝着"komatta koto naa"（这件事情真让我脸红啊）想了好一阵子，然后建议我截取其中的两到三页——"换换口味，你知道的：洗澡啊、女人啊……就像布朗托姆（Brantôme）那样去写，就这意思！"——他好推荐给他的新老板。但我觉得自己再也没有勇气写作与淫欲有关的内容，哪怕写的是伊拉斯谟。而且天气太热了。内心被夏天掏空以后，人们只能隔着一块汉堡牛排面面相觑，这样的牛排恐怕以后很长时间都不会吃到。

一位美国记者向一位在中国参战的日本军官问道："为什么不让你的部队稍微睡上一会儿？他们已经三天没睡觉了。"他觉得对方回答的意思是这样的："可我的士兵很会找时间睡觉，他们要学的恰恰是怎么能不睡觉。"

我开始领教什么叫日本吃法，也就是说，我得学会从此什么东西都不吃。战后那两个月，人们纷纷拥上开往农村的火车，去用家里最后剩下的珍贵纪念品交换两根萝卜或者三个鸡蛋时，我在荒木町的所有邻居大概都是这么过来的。何况，一种体验可以幸运地弥补另一种体验的不足，对于我这个旅行者来说，这是战胜外国餐饮引发的最后几丝犹豫不决的最佳方法。经过一星期的禁食，不久前还让我觉得如此古怪的香气和香味索性直接冲进了我的胃里。这么快就又成问题了，我干脆"什么"都吃："大根"、莲藕、猥琐的大黄萝卜（是用盐水和海藻汤腌出来的，酸味很重）、切成薄圆片的生鳘，还有那些连清酒都去不掉苦味的浅黑色大贝壳，以及早餐喝的白味噌，用红蚕豆做的汤，那股又酸又糊的气味曾经经常让我恶心得不行，只能远观，不敢近闻。现在，我已经入乡随俗。

诸事不顺的时候，与其过于指望别人，不如磨砺自己与事物的关系：我指的就是一堵普通的墙，它让我摆脱的困境。这堵墙位于麻布区，就在我这几天一趟一趟步行去取信件的路上，沿着七号有轨电车的行车路线而砌。我正坐在一只盖着盖子的垃圾箱上休息，一抬眼睛，便看到了它：一堵长长的混凝土墙，霉菌和硝菌像剧院的幕布一样为墙壁装饰了花彩。在整条"布景"上，凑巧被加高的人行道变成了一座舞台，不管愿意不愿意，所有那些过路人都变成了"个性演员"，像回声一样被放大，投射到喜剧或者想象之中。我心想：肯定是我累得看错了。我闭了会儿眼睛。再次睁开时，舞台上的演员还在鱼贯而行，就像在用一种外语讲述的故事中，人物总是越来越多一样。我走到跟前看了看：墙的表面有一层漂亮的毛茸茸的东西，就像从烤炉里拿出来的旧砂锅一样。在几处护板形成的孔洞和看不清楚的涂鸦之间，一只幼稚而坚决的手写下了"baka"（蠢货）。我觉得我就是蠢货，我大概从这里经过了不下一百次，却什么也没看见。主要是以前我根本用不着。正对面，在有轨电车道和街道之间，一个垃圾碎片、木条箱、货箱存放处为我提供了一个方便看出去却又不被人看见的观测点。我急急忙忙地奔向我的房间：要走四公里。为了买胶卷，我到新宿把我最后几本书卖掉了。我买到了一大堆胶卷，五折甩卖。商贩告诉我："掉到海里了。"用着看吧。

……连着四天，我就这样像一只壁虎一样挂在我的剧院墙面前。我坐在一只货箱上，把相机挂在胸前，看着这个街区的来往行人而不被他们所看见。无论是靠近院子一侧还是靠近花园一侧，视野都很开阔，我盯视着走近的人，估摸着他们的速度和轨迹，掐指计算着他们是否经过我的幕布，是否互相打招呼，如果能互相对骂，当然更好。可在日本，人们从来不会对骂。

我居然还有了同伴：三个掉了牙的、肚子凸起的拾荒者，他们白天像田鼠一样就在这些垃圾中度过。为了路政局每天早晨倒到这里的那一车垃圾，他们准备开工的时间总是比我要早。其中有两个老头，还有一个皮肤灰褐、牙根外露的老太太。一到下午，他们就会靠在因为发酵而变熟的垃圾堆上，满头汗水地看着从垃圾堆里扯出来的杂志碎片：有专门报道摔跤的报纸，也有连环画，纸页上不是带着果菜皮屑，就是粘着西瓜子。三人都戴着铁丝眼镜——大概是从某车垃圾里捡的——比不戴还累眼睛。有时，那女人会在镜片上吐口唾沫，用衬衣一角擦拭，希望能看得更清楚，这时，另外两个老头就会逗弄她、戏耍她、取笑她。他们都是"贱民"，是明治维新把从前这些被社会遗弃的人变成了和别人一样的日本人。但他们却继续和朝鲜人一起分担着最低下的职业。社会鄙视他们，而我记得这三人对社会也报以同样的鄙视。就像是一种复仇一样，他们对我的举动很感兴趣，每次当这些行人当中的某一个被他们"看见"却看不见他们时，他们就会发一阵冷笑。将近五点时，他们就会跑到上野的地铁上把在这里捡的东西卖掉，然后到我也不知道是哪儿的地方睡觉。

我现在有了属于我的墙。每当风从北面刮来时，专营巴伐利亚风味的莱茵餐厅的香肠味就会从霞町顺风而下，来抚慰我的鼻孔。我烦的时候，就会一直跑到我那堵墙南面一百米的旧书店，我在那家书店的杂志里找到了萨德（Sade）和雷蒂夫（Restif）的最有害的著作，是台湾出的英文版盗版书。我站着读了一会儿这些光芒四射的淫秽书籍，脸红到了脖子根，然后又回到我那堵墙前。饿的时候，总能在果菜皮中找到几个被我那几位同类漏掉的番茄，完全可以吃，感到日本人对贱民做事漫不经心的指责确实很有道理。

那天晚上，我拍完了最后一卷胶卷。幸好。四天的时间里，我成了有谎语癖的人。对我来说，光是行人已经不够了。在我的这堵墙面前，我想要的是动作，比如一次争吵，或者一场针对皇帝的……谋杀。

我慢慢走向我所居住的街区和我的房间。西面,一团光雾飘浮在新宿上空。荒木町一片寂静。可以听到从僻静的钱汤传来的滴水声,有两个姑娘正拧着头发从里面走出来。我看着篱笆上被撕破的海报:成为当年日本偶像的朝鲜摔跤运动员力道山(Rikidosan),在新宿上演的《涅克拉索夫》,还有防火警告:你家发生火灾,就是你的耻辱。不谈破坏,谈"耻辱"。而尼禄放的那把火则是为了荣耀!

煤炭商坐在他家门口,头上包着一条毛巾。他的那张肥脸同样在今年夏天热出了油。他正在看晨报上一篇占了三栏的文章,《为什么东京没有松鼠,有蝉》:鸣虫商贩虫家桑推着小车来这里已经十天了,每人都给自己买了一只小虫子,装在一只柳条编的小笼子里。每天夜里,一到最神秘的时刻,就会响起一阵吱吱嘎嘎的叫声,纤细而孤单,然后是一鸣带百鸣,接着是无数只昆虫一齐鸣叫,直到整个街区响成一片,就像置身广袤的麦田。这声音让我想起了古老的叠句,至今还在关西传唱:

  Karî-giri sua

  Khane de naku ka-ayo……

  Semi hara de naku……

  蟋蟀振翅哭泣。鸣蝉鼓腹哭泣,而我再三思虑,终入你怀哭泣。

一到夏季，这里的生命就变得单薄而瘦弱，就像一件虽然结实却破旧的衣服上的纱线，而这些虫鸣时刻充溢着一种令人难忘的温馨，或许是因为这些时刻是花了大价钱换来的。再不知足就不明智了……

我把我拍的那组剧院墙卖给了东京的一家杂志。先是有两个编辑困惑不解地互相传看。接着是四个、八个、十六个。他们也像我一样，这么多年来走过那堵墙始终视而不见。这就是常年打车或者坐火车的结果。

照片卖得的钱差不多相当于到欧洲的半张机票，并让我收到一封来自城市医院一位生病大学生的信，结尾是这样写的（我尽量还原他的日本英语）：

"从小时候起，我就梦想做一次巨大、丰满、美妙的旅行，就像你做的这些旅行一样。但不管怎样，那只是一个梦想……"纸页下面还写道："这里是一笔小钱，请买一些墨水和纸张，以维持你的工作。原谅我这封微不足道的信。我希望你的巨大成功。"（署名：K.诸桥）

**插曲**

我买了纸张和墨水，时隔八年，我又回来了。但这次是带着老婆和孩子回来的。一九六四年，龙年。我自己对这个国家也曾留下过记忆：全都变了。没有一样能和之前的对应起来。全都需要重新接受。"维他命飞跃"代替了"文化飞跃"：人们开始在家里给自己注射小瓶药水；工人阶级不复存在，被临时推出的补血产品滋补过度了。

"屋子"全都关了门，新宿二丁目那些穿着衬裙的村姑彻底回到她们的稻田和萝卜地里。曾经把咖啡馆桌子借给我让我度过到东京第一宿的诗人兼招待章二已经成了一家颜料公司的副经理，忙着练习他的高尔夫球。

人们不再说"日本英语"，而只说"正确的"英语，警察们为了"Orimpiku"（四年一届的奥运会）也在苦练句法。同样为了四年一届的奥运会，他们把我的墙重新粉刷一新；旧墙只会添乱。

连以前到处都可以看到其肖像的摔跤偶像力道山，也死在了无赖生涯的辉煌顶峰，被人捅死在他自己开的一家夜总会的厕所里。两位现任大臣跟着他们这位朋友的棺材走了一路，这个朋友对他们太有用了。当警察和贼开始互送花圈时，那就说明这个社会又恢复了稳定。构成这个社会的表象，只有天皇、国旗、相扑比赛和不曾变过的水的味道。曾经诱惑过我的那个不安的、混乱的、发热的东京已经不见了痕迹。我还是住到京都去吧。

# III

# 祥云阁，一九六四年

## 十七　大德寺

入夜之后，大部分日本城市都会以灯笼和霓虹灯构成的景色呈现出大都市的气象。时至今日，这些城市已经不仅仅是从前那些被电线、绝缘子和熄灭的招牌所笼罩的发展过快的都市圈了。本旅行者觉得被人们欺骗了。

京都则不然。尽管这里慢条斯理的、唱歌一般的方言让它显得土里土气，而且小商小贩和家庭企业多如牛毛，但它始终是十三世纪前就被行政长官、军事统帅、占星师和园艺师设计并建造起来的巨大的四方形皇城，中国的榜样激励着他们很舍得在建造比例上下本钱。它以方格状的大街小巷，数不清的寺庙、墓地，布满石头、苔藓或杜鹃花的庭园，市场，手工艺人聚集区成为日本独一无二的城市，置身此地，可以感受到一种内在的空间和深思熟虑的规划。漫步于这座独一无二的城市中，可以感觉到从前的风水所看重的那些轴线、那些方位基点，还能感觉到这些轴线和基点自始至终对城市风貌和环境施加的巧妙影响。"向北步行十分钟,向西北步行四分钟,从那儿,向南大概也就一百米":脑子里都带着罗盘玫瑰的京都人就是这么给你指路的。

京都三面环山,台风吹不进来。没有裂缝的地下结构让它避开了绝大部分地震。前美国领事的干预为它免除了 B-29 的轰炸。我真想把京都纳入世界十佳城市之列,这样的城市很值得住一段时间。

啊!就像佛罗伦萨或者伊斯法罕,这里也一样,是那些艺术性城市当中的一座,这类城市为数不多,因为过于艺术化而有些疲惫。在这里,你找不到一根不经著名艺术家雕琢的大梁,找不到一块两个出名的战士未曾在其脚下以死相拼的岩石,这里的"文化密度"如此之高,以至于你一心忙于去知晓、去分辨、去了解,有时甚至无暇仔细感受,而围在你身边的那些细腻的行家又促使你更加刻苦地去记去学,就更没有时间感受了;这是一个只属于专家和批评家的城市,你的新鲜感太过频繁地被代之以学院式假斯文的崇敬之情——深知自己弱势何在的京都从这份崇敬中收获了一句绝妙的谚语:"随便扔一块石头,你就有可能砸伤一位教授。"

只要是外国人,不论来自大阪、东京还是丹佛(美国),都会被这里视为一个不能不管的累赘:一栏旅游牲畜,匆匆忙忙地让他们吃完草后就被成群地带到出发火车站。京都的居民一般都能说上几个外语单词,但为了避免他们不指望能带来任何益处的人员拥挤,他们会觉得,将这种外语能力深藏不露更加稳妥。

想在这里找到住处可不太容易。

一九六四年五月,东北街区

在佛教寺庙大德寺巨大的围墙之内——撞上了一次大运——我居然能租到一所房子。如果逐字逐句地翻译,我们的地址就是"京都北区红草地街区大德寺祥云阁"。

> 上无片瓦遮身,
> 下无立锥之地。

从禅宗用这两句话自我界定那些时日起,它就实现了发展壮大:自打我开始旅行以来,从来没有住得像这里这么宽敞过。大德寺的围墙可能比战神广场(le Champs-de-Mars)都大,要用长命百岁的几生几世才能数清它所有房顶上的瓦片数量。大德寺(这座寺庙的名字)是日本禅宗佛教临济宗的两大发源地之一,在全国管理着一百多座出自同门教派的寺庙。这里坐落着一片规模宏大的建筑群,四周围有夯土墙,开有三道巨大的中式大门,包括一座"hondo"(本堂),一座"sodo"(僧堂),一座顶部带有飞檐的钟楼,那口铜钟就安在楼顶下面,寺院起居时间以它的轰响为准;最后还有二十多座附属寺庙,栖居在它们拥有的墓地和花园之间,都保留了它们各自的环境、传统、香客、处事之道,并经常处于"举扇迎客"的状态。在这些不引人注目的墙壁之间,由大块灰石板铺成的小径织成了一张道路网。松林茂盛。长得过于规整的叶簇伸得极高,传出阵阵蝉鸣。蝉鸣间歇时,这里一片寂静。在一片墓地里，一个穿深红法衣的和尚正在一处坟前诵读 sutra（佛经），听上去就像从极远处传来的泉水声。可以闻到树脂的味道，可以听到看不见的孩子在这座迷宫里的某个地方喊着"chi-chi"（爸爸），接着便在这片不可一世的寂静中回荡出一波一波的声浪。一家小中餐馆送餐员的身影在吱嘎作响的自行车上舞动。两位僧人擦肩而过，低声问候，然后各自走远，嘴上不说，心里对对方并非没有看法。一位品德高尚，另一位则粗俗卑鄙，他们因为各自的为人而相识：这才是真正的礼貌。在这里，没有一个动作、一个字眼是人们未曾事先掂量过哪怕最轻微的后果的。在这种严格自律的平和背后，可以感觉出绷得很紧的力道，而掩盖在这种凝滞而做作的礼节之下的，是一种通常不该当场挑明的警觉。

在第三道大门背后的典礼大厅里，一尊高达十米的镀金木制佛像微笑地看着他的信徒那么干练地行着礼，并且轻手轻脚地——带着怎样的谨慎——行走在并不存在的鸡蛋上。

位于围墙之内正中央的，就是祥云阁。

说是阁，其实就是建在一扇巨门背后的一座大庙，可以轻松地容下二十个人，在它上一世时，还矗立在日本北方的乡村里。大德寺当作遗产接收了这座建筑，把它一个零件一个零件地拆了下来，运到这个处处都是竹子、马鞭草和白蝴蝶的花园重新建好。随后，人们再想不出还想把它怎么办，经过多次交易和算计，"祥云"飘进了龙泉庵（Ryosen-An）的势力范围，龙泉庵把祥云阁租给了一个西方汉学家，后者又以五个月的期限连带全体仆役、各种契约条件以及谨慎再谨慎的一再劝告转租给了我，他的劝告归纳起来是这么说的:你干什么都行……只是别留下"不好的印象"。

重建一新的屋架还没来得及恢复减缓地震的缝隙余量,即使最小的地震也会让屋顶一间接一间地发出沉闷的轰响。

花匠跟我说:"大人,你等着瞧吧,到了夜里都能把你吵醒,那声音就像一只老虎在房顶上跑。"

这花匠五十多岁,对人虚情假意,光滑的脸上长着两只忧虑的眼睛,别人告诉我对他要多加小心。他每次慢悠悠地锄掉那些细草时,都在用心观察我们,数着喝空的啤酒瓶数量,把他注意的所有可疑之处(纵酒、破坏、疏忽等等)报告给一个邻寺的僧人,后者对祥云阁怀有野心。有人告诉我:"此人是瑞应寺(Zuïo-In)的人。"至于每天早晨拼命泼水擦洗光滑如丝绸一般的走廊地板的女仆,则完全忠实于本堂,并很可能经常翻拣纸篓里的东西。恰如沃尔特·司各特(Walter Scott)小说里写的那样,一位骑士所到之处是不可能不引起人们嘀嘀咕咕的:"他是约翰王子[①]的人……约克公爵的心腹。"我们还得帮着养一只忧郁的红棕色大公猫,如果不每周挨一顿痛打,它就开始四处抓咬。无从知晓它在为谁充当间谍,但我们还是宽恕了它邪恶的个性,因为它能以高超的技巧抓住并杀死那些有毒的大"mukada"(日本蜈蚣),这些蜈蚣栖居在房梁上,时常会掉到熟睡者身上,被它叮过的地方能肿得像南瓜那么大,一化脓就是两个星期。最后,我们最恶劣的敌

---

[①] Prince Jean,英文中为 Prince John,司各特小说《艾凡赫》(*Ivanhoe*)中的人物。——译者注

人就是隐藏在一个壁橱里的"机器"——一个带有很多手柄和温控器的老旧纯铜继电器，通过地下电缆与围墙内的主要建筑相连，只要稍微热得有一点不正常，就会在我们的寺庙里响起震耳欲聋的铃声，并向邻近的消防队发出报警信号。如果夏天天气太热，这架机器就会出毛病，自己启动，平常那么安静的围墙里，此时就会被红汽车、救护车、警察、警铃、警笛从四面八方纷纷侵入，而且所有这些入侵者都是轮胎蹭着地面急停在我们门前，跳下地来，把喷水龙头弄出各种响动：真是一场名副其实的短兵相接。

当他们最终证实一点烟雾都看不到、任何一处都没被烧坏时，这轮攻击波才算减弱。他们开始收回器材，坐到汽车脚踏板上，脸上带着诡异的笑容，我们绝对改变不了他们的想法——不管怎么说，肯定是这帮外国人把继电器鼓捣坏的。

除此之外，我们在这里住得十分自在，简直太美了。

　　任性合道

　　逍遥绝恼

　　系念乖真

　　昏沉不好

　　僧璨

"朕一生弘扬正法，有何功德？"大力护持佛教的梁武帝和颜悦色地向中国禅宗创始人菩提达摩问道。

"并无功德。"达摩初祖回答。

"何为圣谛第一义？"

"廓然浩荡：本无圣贤。"

"对朕者谁？"

"我不认识！"

皇帝大概会怀疑，一个圣人如此粗蛮的回答，可能会隐含着某种值得认真思量的内容，但圣人只是把悟道之门指给了他，让他陷入困惑。

大约一千年以后，当方济各－沙勿略乘船抵达鹿儿岛时，受到了统治那座城市的禅寺和尚最亲切的接待。他们带他参观了和尚的生活区域以及"zendo"（禅堂），室内的初学者们双眼看定面前三步之遥的某一点，按照佛祖坐于莲花的姿势坐得纹丝不动。"他们在做什么？"对他提出的问题，他的朋友忍室和尚答道："有的在算计他们上个月从信徒那里收到的财物，有的在琢磨怎么做才能吃得更好穿得更好，还有的在想着怎么玩儿更开心，总之，'没人在想任何具有某种意义的事情'。"

回答得绝对诚实。沙勿略本该再想一下，这么平淡的说法，从那些个性令他如此敬佩的人嘴里说出来，是否隐含着什么重要的深意。可惜他没有这份细心，仅仅是在后来的讨论中注意到，禅僧便是他可怕的敌人，尽管他们生性活泼、开朗，他也无法让哪怕一个人改信天主教。

这就是对"禅是什么？"这个问题的两种回答。第一种有意回答得很粗野；第二种平庸得如此日常，以至于我们这些钟情于概念范畴的西方人不知道该用什么鬼方法才能把一星半点的"神圣"与这几句话联系到一起。要是就此向一位跟你有点交情的禅僧发问,你得到的全部解答很可能是最终结结实实打在肩颈之间的一记棍棒。

我既不是僧人,也不是创教者,连业余"禅宗实践者"都算不上,这三种能够救我的方便善巧我都够不着,但我在此仍不得不稍作解释。与我们有时所拘泥的概念正相反,禅宗并非一种"孤立"现象,换言之,它不是像黑色幽默或者斗牛术那样可以单独谈论的单子(monade)。禅宗是亚洲从佛教中总结出来的教导方式之一,无论随后如何发挥,它始终与这种启示密不可分。

日本字"Zen"(禅)源于中国的"Ch'an"(禅),而这个中国字又是从梵文的"Dhyan"(禅那)讹传过来的,梵文的意思是禅定。经过多年禅定,释迦牟尼佛"穿越了镜子"[①],发觉自己在一个和谐得难以言表的世界中开悟了,在这个世界,对立者可以和解,分别心可以消除,对此,我们这些人的定义显然难以阐明。他同样明了到,为臻于完美,一切众生都应该并且能够达成这样的感悟。终其一生,他一直在宣讲禅定和觉悟。他还说过,没有人能从熄灭的火焰中获得热量,而他一旦灭度,大家就应该将他遗忘。后来他就死掉了。于是,人们为他竖立佛塔,为他修凿巍峨的佛像,向他祈祷,并开始就他的教义,就"十二因缘""八正道"进行注解、探讨、细究,总之,开始建造空中楼

---

① Traverser le miroir,典故出自英国作家刘易斯·卡罗尔所著《爱丽丝镜中奇遇》,爱丽丝在梦中穿过镜子到达另一个房间中的仙境。

阁，打算在里面再一次安然入睡。禅定并觉醒吧，去寻求你的心性，不要让任何事中断你所看不见的生命：这就是禅宗从佛教中记取的内容，而对于释迦牟尼来说，他从来都没有说过更多的法。所有其他的，诸如佛像崇拜、佛陀传记、经文与思想体系的研究、思辨、信条，等等，说到底不过是舍近求远、画蛇添足、消极避世、自欺欺人、因小失大、作茧自缚、自寻烦恼。佛陀说的是解脱；可你跟我们说的却是佛陀崇拜，你这就是舍本逐末："指月须用指，然若认指为月，则直坠地狱如箭射。"这是禅宗后来告诉我们的。

印度就从来没有过一个禅宗流派吗？我们一无所知。我们所知道的是，在公元五世纪和六世纪，印度的僧人把这些观念传到中国，在中国被道家广泛接受。道家思想（公元前六世纪诞生的老子哲学）也主张，我们的心只会在生命与我们之间搅局扫兴，我们都是我们思维范畴的受害者，只有心性单纯的人或孩子可以感知在不同事物之间起支配作用的和谐，做到"顺势而为"。依照当时的历史记载，人们有时会在中国的乡村碰到散步的道家隐士，他们如此醉心于随处发现万物一体、如此健忘于事物之间的差别，以至于过悬崖而浑然不知，令农民们惊愕不已。

这两种思想相互结合，诞生了"禅"，也就是中国的禅宗佛教，它在唐朝（公元七至十世纪）时经历了令人赞叹的繁荣。一座座小山上盖满了寺院，初学者们纷纷前来就教于某位师父，学习如何解脱他们的灵魂。师父让他们砍树、修剪花木、为僧人们做饭、烧洗澡水，这些家务活把他们累得疲惫不堪。师父什么都不教他们，认为他们掌握的教义知识十分可笑，向他们表明，教义并不能让他们变得比另一个在最简单环境中设法摆脱困境的人更加能干。师父强迫他们在几个小时的时间内——不能动弹也不能睡觉——集中意念去思考一些有意不合常理的难题（日语叫作"koan"[公案]），这些难题显然找不到合乎逻辑的破解之道，让他们费尽思量。他们每天都要向师父汇报参悟公案的进步，所有散发着经验之谈、"二手见解"、归纳推理味道的回答都会遭到一声粗暴的断喝，挨上一巴掌，或者被猛击一棍。渐渐地，初学者藏于各处的悟性就这样被逼了出来，去掉了所有后天的习性和计较，拔除了极其危险的随概念和词句之"境"所转的幻想。初学者很快就会感到手足无措，他们"无言以对"，绝望、失眠……直到日积月累的压力像给栗子剥壳似的扯下裹在他们心灵之上的甲胄，这一刻，他们会在一种妙不可言的顿然证悟中发现自己来到了一个仿佛第一次看出"起伏"的世界（这个世界跟原来一样，还是他们的居室）。这就是悟，日语读作"satori"。过了这一关，公案的破解便自动现于眼前，比事先苦苦寻求的所有答案都简单，或者说都不合情理（合不合理没关系：公案不过是一种工具，用完就扔），有时是一个简单的手势，有时是在尊敬的老师父两肋施以一记肘击令之喘不上气，师父绝不会会错他的意思，对他的这次袭击只会报以一阵赏识的——仅就这一击的"妙到毫巅"而言——大笑，意思是："这就对了。"然后师父就会打发弟子原路返回，或者指定他继承衣钵。从此，这位悟道的和尚就可以把他已经净化过的心性放心地运用于任何事物：书法、诗歌，甚至研习佛经或者佛教世界观。他已经被接种了疫苗，既不会再有头脑发热的危险，也不会"认指为月"。

唐朝末期，禅宗佛教成为中国几大精神力量之一：它的自性和天性为所有艺术都赋予了新意，师父们拄杖而行，为了互相参访、互相提出暗藏机锋的挑战而艰难跋涉，走遍千山万水。后来，日本的禅宗绘画常以行脚和尚作为屏风上的主体内容，把他们画成那种蓬头垢面的乡巴佬，他们快活地嘶吼着，对天下事无所不知，除了生命一切都不放在眼里，在他们看来，孔夫子连同他立下的规矩和摧眉折腰的做法简直愚不可及。

有这么几个经典公案："只手之声是什么？"或者："未生之前，你在哪里？"最后还有："如何是佛？"对于最后这个问题，我们知道有好几个经典答案；我只给你举其中两个：麻三斤，一碗烂面。你可以看到，中国的禅宗鼻祖既不会成为思维范畴的牺牲品，也不会被装模作样的恭敬心捆住手脚。

十三和十四世纪，禅宗在足利幕府军事统治下的日本站稳了脚跟。它教这个悲情的、受到各种各样禁忌和责任控制的社会掌握了无心于事、自清自净、自我放松的艺术。它对武士阶层产生了重大的影响，武士们特别需要它提供的菜谱，只是照着做出来的菜似乎少了点盐味儿和本来的鲜味儿。它披上了儒家学说的外衣，而不是向儒家开战。总之，它已经日本化，而且变聪明了。或许是过于聪明了。它对文化的各个方面——园艺、茶道、插花、陶艺、诗歌、能剧——一点也没少施加决定性的影响，今天，它为这个甘于生硬和刻板的社会加入了必不可少的调味品。

第二次世界大战以后,欧洲和美国也经历过一轮"禅宗繁荣"。这样的痴迷说来情有可原,因为一大批西方艺术家早已开始明白无误地践行某种禅宗——凯瑟琳·曼斯菲尔德(Katherine Mansfield)、塞尚、亨利·米勒(Henri Miller)、罗贝尔·德斯诺(Robert Desnos)、保罗·艾吕雅(Paul Eluard),当然还有其他很多艺术家。就像说散文的茹尔丹①先生写的那样:"还有另外一个世界,但它存在于我们这个世界之中。"也是一阵时髦之风,虽然不可避免,好在于人无害。过了一段时间,闹哄哄的人群安静了下来,在所有围绕这一主题出版的书籍中,残留下来的精品足有十好几本。对于因想弄清"究竟如何是禅"而产生的疑问,就算最真诚、最见多识广的评论家(某些人还在庙里住过好多年)的见解也是众说纷纭:对于有的人来说,禅宗就是宗教;对于另一些人来说,禅宗是一种治病形式、一种解压手段、一种个性流派;对于铃木大拙来说,禅宗则是中国智慧对于印度智慧的一种反应,铃木大拙专注于输出禅宗,一如布勒东(Breton)专注于超现实主义。对于曾经试图用一次辉煌但太过仓促的试验为禅宗"消肿"的亚瑟·库斯勒(Arthur Koestler)来说,禅宗以前是对治杀人的儒家形式主义的一种灵丹妙药,现在则只是个巧妙维持的冒牌货。(他通过一个糟糕的翻译遇到了一群忙碌而多疑的僧人。或许是一群糟糕的僧人,我对此一无所知。那些对禅宗浅尝辄止的作家身边并非随时都会站着一名真正的圣人,他们也

---

① 莫里哀喜剧《贵人迷》中一位一心想做贵族、附庸风雅的主人公。——译者注

不需要我们所掌握的知识。在东方，那些知识都是一勺一勺喂给真正饥饿的人们的，"秘密"一词与这些人毫无关系。）对于大概在他们这一代人中理解日本最到位的老H.R.布莱斯（H.R.Blyth，他真该活到一百岁）来说，禅宗确实是"亚洲最珍贵的宝藏"和"世界上最强大的精神力量"。可惜这位老先生却是一位从来不说空话的幽默家，他也承认，禅宗在日本并没有获得成功。

对于我来说，禅宗只是一幢我出于意外而做了四个月看门人的大楼。这份差事并不一定需要凭多高的觉悟去全力投入，一个看门的而已……但还是要收发信件，好歹能听见别人发发牢骚、说说闲话，还得了解"家规"。

我对除此以外的所有事情都曾经感过兴趣。当然我没去坐"莲花"，也没有探寻过"如何才是最深的佛性"。我很享受那里的花园，看着我儿子在那里长大，他总是边在邻近墓地的坟墓之间逮蝴蝶边高声喊着"gentleman"（大概是我们接待的访客中的某一位教给他的一个词）。他太小了，根本抓不到蝴蝶，但和蝴蝶相比，他才是二者之中最有禅性的：他充满活力，蝴蝶们则在勉力求生。

我不曾用功：今天，我对禅宗所知道的一切仅限于估量我对它的了解欠缺到了什么地步，以及这种欠缺有多么痛苦。我自我安慰道：古老的中国禅宗里有这样的传统，继承师父的衣钵时，什么都不懂的园丁要好过对禅宗懂得太多的首座大弟子。

我一直保有我的好运，没被破过。

## 十八　灰色笔记本

京都府美山町，一九六四年

时间表

这是本世纪最热的夏季
夏季里最热的一日
女工们剃掉了后颈的发丝
手里摇着纸扇

今早，在 23 路终点站
我学会了十个汉字
我登上了这辆粉色公共汽车
它穿行于山口的竹影里
沿着小河走去

走过去，游过去

此时的阳光直射大地

咬剩一半的无花果顺流漂移

水面散落着片片毛羽

那是被老鹰杀死的一只雏鸡

树蛙，蜻蜓，火蜥蜴

天空有如灰色的海绵

三座大山围成它圆形的背脊

它在稻田的边际写下这样的文字

生命有如烟缕

我也将把我的生命化作烟缕

凉凉快快地躺进这块墓地

车过绫部市，驶向美山町

我已想不起那十个汉字。

一九六四年十一月于石川县

### 蟋蟀的诗篇

蟋蟀千只

蟋蟀百只

蟋蟀一只

这是一个新生儿，也是最顽强的一只

什么？……你说什么？
时光如此飞逝！

它的叫声犹疑
让枯萎的花园更显空寂
令在此重生的死者备感焦虑

# IV

# 月亮的村庄,一九六五年

## 十九　月村

东京的银座站是世界上最大的地铁站，在这里，有时一扭头就会看到一小拨土头土脑的人，这些人一点儿也不显老，体格厚重魁梧，穿着皱巴、紧窄的西服套装，跟在他们当中最机灵的一个挥小旗的人周围。这是某个村子的"联谊会"，趁着种子已经播下、稻秧还没开始插的工夫，他们花了老本儿，出来看看首都和大海。

除了这些怯生生的观光使团，日本农民不大会出现在城市里，也很少会让人说起他们。每当稻子的收成格外高产时，各大报纸就会把他们命名为"祖国之父"，并把他们挪到头版。这样的殊荣只能持续一到两天，随后他们就会重新回到第三版，得从里面把报道郊外的小消息一条条摘出去，才能看到有关他们的新闻："一个耍老鼠的人在新潟县发了大财"，或者"北海道的八个农夫刚播下种子就赶上了最近的严寒，集体喝除草剂自杀"。除草剂比煤气便宜。

但大部分时间里,这些"祖国之父"都没有什么动静,只是一味牵挂着他们无比用心耕种的几亩薄田。

从每年的十二月到来年的一月,爱知县(位于日本中部)的山民们都会请他们镇上的神跳舞,并按惯例大喝一顿,这场活动要持续整整两天时间,它同时也是一次欢庆聚会、一场驱魔法会和一种复杂的赎罪仪式,每个村子都要轮流做庄,活动的名字叫作"花节"。由于这个时节根本就看不到花,而且很长时间都不会看到,选用这个词很可能是为了缩短冬季。每个村子都有自己的神明。每个神明都有名字,甚至还有脸谱:一张瞪眼咧嘴的木制面具,由舞蹈者轮番戴在脸上。喝光最后一坛米酒,烧完最后一把柴火,扶起最后一个醉鬼,面具收进箱子,打点好的神明也回到了自己的神位,吃完喝完是要结账的,他们得让树木笔直地生长,让稻田更加肥沃。每到下雪的季节,只有他们在干活。

我在月村见过一回花祭。那是去年的十二月中旬。正是今天的寒冷让我再次想到了那次的花祭。我是和一个叫作提奥的法国人一起去的,他为巴黎的一家出版社拍了一些表现男性生殖器崇拜的舞蹈照片。萝卜白菜各有所爱。我更愿意逃离节日前夕那个令人难以忍受的东京集市。

跑到那么远的地方可真不是件容易事:先从名古屋坐上一列铺着绿绒布的乡村火车,然后再坐公共汽车,然后是一种简陋的公共马车,只能在一捆一捆的萝卜和滴着水的雨伞中间弓着腰站在车里。就这样一直走到分别通向两条山谷的岔路口,然后再继续沿着一条看不见什么人的土道步行。走了一个小时,统共只看到：一个脸蛋通红、流着鼻涕、穿着黑呢制服的小学生，一只獾，一个背着严寒中枯死的干瘪树枝的女人，还有一辆拉着鱼干的小卡车，那股浓烈的气味跟了我们很长时间。

随后，山谷变宽。眼前不再只是背靠背的浑圆山脉，以及拖曳在冰冻稻田上的烟雾，秋收时插在田间的稻草人正在慢慢烂掉，哪怕再小的一阵微风，也会让它惶恐地舞动不止。这是一片贫瘠的地区，肃穆朴素得仿佛这里的土地也像居民们一样未敢过于张扬，却又如此强烈地想要说出它本就不多的话。即便是情形相似的奥弗涅[①]，跟这里一比也似乎成了"暴发户"。村子就坐落在山谷底部，位于稀疏景致的尽头。"Tsuki"的意思是月亮，"Tsukimura"就是月亮村。田野上的阳光还没落尽，节日聚会就差不多开始了。神道教的神官和他的同道刚去村东和村北"挡住来路"，以阻隔来自地下的邪恶势力。现在，他们正围着一锅沸水边跳舞边以极大的咕哝声诵念他们的祷词，用以净化场地，同时击掌请神明下凡。街道另一头，四个消防员正在擦拭一台铜杆红漆的水泵，这些从没摆弄过小杯小碗的人毫无必要地下着大力，此时，有五六个粗人正把胳膊肘支在脚踏车上尽情地嘲笑他们。我们这边儿受到的嘲弄还算有所收敛。我感觉他们一直在试着表现得蛮横无理，只是做起来没那么简单。过了一会儿，消防员中最年轻的那个站了起来："你们俩，来跟我去喝杯啤酒。"由于他刚从一个地方喝完回来，所以拉着胳膊把我们带到了一个并

---

[①] Auvergne，法国中部大区。——译者注

不适合喝酒的地方。

这里既没有商店也没有酒馆，只有一所残破的茅草房，住在这里的农妇赶上机会时就会腾出一间房子卖酒。但那天晚上，由于快到可恶的考试时间了，三个穿黑罩衫的小姑娘正跪在那里围着课本讨论一百升是什么概念。

"主要是孩子们得学习，"女人说道，"这几个外国人的面孔会让她们分心。"

"三杯啤酒。"消防员回应着，坐到了铺着桌布的桌子前面。

借着灯泡的光亮我仔细观瞧：他很年轻，生得不好看，因为天花而凹陷的脸上长着两只爱记仇的眼睛。只有那身制服让他显得格外沉稳。他也是第一次和外国人喝酒，所以也不太清楚我们希望看到一个日本消防员做出哪些权威表现。农妇不情不愿地给我们上了酒。我非常理解她的心情。我们待在那里的所有时间里，姑娘们一直举着笔尖，捂嘴嘀咕着可怜的几句英语而不敢直接跟我们交谈。我们没喝完就离开了。夜幕已经降临。舞厅周围聚了不少人，有几只火把已经点了起来。我听到一面鼓的声音，和几支笛子，映着灯光的农舍窗户里，另有几支笛子在回应。村里在为节日定调子。消防员呆呆地站在路上，有些打晃，啤酒沫子还糊在嘴上。我们直到全村最高的佛寺才把他甩掉。他跟了我们一段时间。黑暗中的林间小道很难走。我们一度听见他两手被荆棘丛挂住时的喃喃自语，然后就什么都听不见了。上到山顶，一轮依然模糊的月亮升起在荆棘背后如同一个个针眼的星星之间。寺庙很荒凉，没什么装饰。在一处壁龛中，为村里死人立的石碑排成三行，刚刚被涂上闪亮的银漆。在死者家人从和尚那里求来的"追认名号"之下，不时可以看到"虔诚信徒""信徒"的字样，也有的只写着——针对那些家庭条件更差一些的农民——"教徒"。

可别让任何人胆敢忘记自己的位置，就算死了也得记着：这就是和谐的代价。这基本上就是人们试图用这种头衔表达的意思。至少，我是这么理解的。

尽管战后实行了土地改革，农民社会依然保持着极其严格的等级。村民群体就像他们的稻田一样：这些稻田界限分明，层叠分布在不同高度上，通过一种水闸系统彼此相连，而水闸的运转则是经过精心调节的。一个四十户人家的小村子居然可以有多达四个阶层的农民，他们拥有的主动自由度不一样，所服的徭役不一样，享受的权利也不一样。不同的保护、保荐、隶属形式把这些阶层垂直联系在一起，对涉及这些关系的所有人，契约条件都有极为明确的规定。有时，甚至本村"礼节"的所有细节都会记录在册，比如谁欠了谁的一份礼物，什么情况下欠的，值多少钱。胡乱送礼，就相当于强迫 / 施惠于——"s'acquérir"这个法语词的两种意思在日语里被混为一谈——别人，从别人那里为自己谋得一份人家并不承认的权利。多亏这种吹毛求疵的礼仪，人们才基本消除了偶然想起和即兴发挥之事，这些事都是拘泥形式和疲惫不堪的农民们最深恶痛绝的。在月村这台大戏中，每个人——哪怕是那些人缘最差的——都因此而明确知道自己应该扮演什么角色，不会让自己成为别人的笑柄。在大部分人心目中，这种彼此之间的关联其实还是一份既不需要解释也不需要争辩，只需一手接住的善意。

乡下人的善良、神道所表明的欢乐之义、佛教的悲天悯人以及每天与土地打交道的生活和种地时的种种任性大大缓解了这种有可能让人难以忍受的严格。节日本身也充当着阀门，那天晚上，借着酒劲儿，那些心怀不满的人也能给他们的怨恨对象一点儿脸色。但在日复一日的生活中，人们还是要小心谨慎地掂量自己说出的话，只有醉鬼才会口无遮拦，全村人如蜂群般严守纪律。

在这个欢庆的夜晚，迷失在这里的外国人尤其被那些全都一样快活的面庞、比城里人更加闪亮的目光、关节粗大衣着破旧的身体所打动，可能以后都会一直憧憬看到这么朴实的景象。外国人就是简单：他们对记者和贵族、对长房和小房、对那些拥有森林者和那些必须经人同意——如果他们的品行堪为典范——才能在此捡拾枯枝者、对那些决定如何投票的人和那些按照决定进行投票的人全都分不清楚。他们对这张密集的网络一窍不通，尽管这张网络涉及就座次序、义务、感恩、"我不敢"和"我不准"、排斥某人以及隐而不言的愤怒，并且安排着人们的共同生活。这份无知让他们始终饱受尴尬之苦。这个村子的每一个人都清楚自己的位置在哪儿，不可能有闲工夫去给这些不速之客找个位置，而只是随便给他们"安排"个地方。

从寺庙下来时，我们又遇到了那个消防员，在山下的小路上冻得直跺脚。他之所以等着我们，是想带我们去他的朋友家里吃夜宵。他一点儿也搞不懂我们上去干什么。佛教寺庙，那是供死人的地方。他不知道自己属于哪个教派；能告诉我的，只是这座寺庙已经烧毁快三十年了。头一次听到从消防员嘴里说出火灾来。他感兴趣的，是到大城市丰桥看"Sutoripu"（脱衣舞）。他只是听人说起过，而且好像还能用手摸呢。他希望到他二十五岁时能去看看这玩意儿，带着他父亲……

"他是瑞士人，另外那个是法国人。"消防员边喊边和我们穿过人群，就跟他抓了两个犯人似的。可惜没人留意。热清酒的香味和一团团的火星从镇政府的房子里冒出来，第一批舞者——八到十二岁的孩子们——正在系面具，此时，他们的母亲给他们一件一件穿着毛料衣服。门前，有两三个新来的，看样子像城里人，穿着西服上装，戴着呢帽，因为不能引起比别人更大的轰动而显得很焦虑。他们都是家族里的小房成员，已经搬到了城里，专为节日赶回月村，而且表现得过分热情，为了让地里长大的表兄堂弟们大吃一惊而大把花钱。他们当中的一个甚至把他带来的出租车留下过夜。出租车司机———一个穿着羊皮衬里上衣、没人搭理的老头——脖子上挂着半导体收音机，以一种敌视的目光盯视着这场乡下的狂舞。


晚上九点，一家农舍


人家等着咱们呢，消防员说道，但他的"朋友们"对他的接待相当糟糕。我看着更像是一个很卑微的家庭，村集体把接待我们的费心和麻烦直接卸给了这家人。家里的祖辈还活着，湿漉漉的眼睛透着和善；那位喝了酒的父亲一会儿多愁善感，一会儿目空一切；一个三岁的小男孩儿长得虎头虎脑，穿着新罩衫，用他的塑料机枪瞄准我们一通扫射。

桌布很旧，窗纸破裂，冬日的严寒穿堂而过，每说一句话都会带出一串呵气；可电视却是崭新的，尤其拥有令城里人羡慕的奢侈——空间，想必城里人都会对这样的奢侈念念不忘。在唯一一只挂在电线上的灯泡下面，节日的夜宵摆放得十分细致：用面包粉做的面条、切成丁的辣根菜、黄瓜、蚕豆蛋糕、生鱼头，还有白米饭，往上数几代，白米饭还只是出身高贵者的特权。

这是一顿穷人家的盛宴，我们就着大杯的红薯酒吃了下去。为了驱寒，每个人都是一饮而尽。消防员喝多了。他刚将一把零钱一股脑地扔到桌子上，便招得这家人因为他的粗野直咒他活该"染上梅毒"，此刻，受到羞辱的他——拉低帽檐——终于陷入沉默。那位父亲也醉得东倒西歪，开始胡说八道。他的眼珠都快瞪出来了，猛地听他喊道：

"这俩法国人细皮嫩肉的，跟娘们儿似的……"

"傻小子！别撒酒疯……"做奶奶的边骂边隔着桌子给了他一巴掌，然后转向我们，露出满口牙床冲我们笑着，像一只小母熊一样摇头晃脑。

"这儿就这样，"老头说着帮我把杯子添满，"一到过节，所有邻村来的和本村的年轻人都可以放肆一下。就算对最有钱的人也可以想说什么说什么，对客人也一样。不算没礼貌。"

他还向我解释，这里种稻子不挣钱，种树才挣钱，村里的林子归他们五家人共有，每家各把一个儿子送到东京念书。他们这样的农家能有外国人来让他很开心。他和他老婆待我们完全就像一家人。两张老脸调皮、黝黑，磨损得就像两枚旧钱币，我只有在这样的脸上才能看到他们的内心，因为到了这把年纪，而且也只能是到了这把年纪，他们才能重新找回自在和洒脱，这种自在和洒脱让这里的老人们显得无比可爱。

**午夜至凌晨两点**

神明们——就是光腿穿草鞋的青少年——挥舞着沉重的木斧头，围着喷吐火星的炉子跳着舞。另一方的村民们把毛巾绕在脖子上、缠在手上，围着他们，以一种缓慢的踏步回应着他们。

"你们这儿的神明都不是恶鬼吧？"

"好着呢，都特有本事！"神官边哆嗦边回答我。

他是带着一种真挚情感跟我说到这些神明的，但是，到了下一个舞蹈，神明们并未因此而减少忙乱，被燃烧物溅到的他们最终闹哄哄退入夜色。这场灾难之后，他们又从后门转了回来，我撞见了其中的两个，俩人正透过面具为一辆摩托车争吵，并且试图对打，但没能打起来，因为他们跳舞跳得已经停不下来了。现在，音乐又从上身的扭动向下移到了两腿。这段曲子是由一面鼓和一支巨大的竹笛演奏出来的，一共七个音符，就靠节奏产生变化,笛声一起,每个人的口袋里都变出来一支笛子,在大厅和夜色中回应着它的演奏。空气中充满了这种不易觉察的歌唱性旋律,还有水蒸气、冰霜和火光,以及强烈得足以醉倒一匹马的酒味。所有不喝酒的人都在劝别人喝,我注意到,我周围所有人的对话都沦为醉鬼们的车辘辘话。每个人把酒喝到杯底时都想起一小段实话,坚持不懈地要讲给同伴,旁边的人根本不听。而我说话说得已经不知道该用什么词了,我所掌握的所有词句没有一句没用过三次以上。我本可以通过笑或者模仿,可我也得会用手势配合才行呀!这里的人用竖起的大拇指表示四个,把手平摊开表示让人喝酒,要是困惑地晃动下巴,则完全有可能预示脸上将被人揍上一拳。只有下流的手上动作能让人一看就懂,并且马上遭到回敬,只是这方面的胜负决定得太快了。我的同伴提奥尽管由于职业的关系比较善于模仿,鬼脸也做得不比我强多少。他期待着表现男性生殖器崇拜的舞蹈,几乎到处打听到底是怎么跳的,总想知道几点开始。有人拍拍他的肩膀,有人给他满满倒上好几大杯酒,有人善意地跟他开了无数个诲淫的玩笑,可就是没人告诉他。绝对不是因为他们对这种事张不开嘴,也不是因为这里面隐藏着多大的秘密,而是因为几罐清酒下肚后,村里人已经对这些俩眼四处矍摸的外国人有点吃不太准了。我们这么渴望知道这事,让他们变得有点谨慎。那场舞蹈,即便真有这样的舞蹈,也不排除他们把它推迟到了第二天。也算一种能省就省的办法。毕竟在"弄懂"这个词里还包含着一个"弄"字,这个村子什么东西都不算太富余,不能说弄走就弄走。

**凌晨两三点**

我躲进黑暗的柴房，想把撕坏的胶卷抟出来，一对恋人连人带木板掉下来砸到我的头上，然后逃入夜色。我进去时真该先留意一下：凌晨两点，对应的恰好是星相当中的金牛座（牛也是中国十二属相之一），正是谈情说爱和私下约会的时间。可那也不能在这么冷的时候跑到满是尖刺的大木板子上卿卿我我呀！

"Gomen……gomen……"（真对不住……）那男的边喊边笨拙地连蹦带跳跑远了。

你看看，该道歉的应该是我。只可惜我一点儿也没看见先跑走的那个姑娘，正应了那句谚语："撩起裙子比脱下裤子快。"

现在，广场上出现了两只大火盆，消防员们往里面加着柴火，身体晃动得十分厉害。他们要是管放火的，那女人们就是管灭火的。村民们围坐在火盆四周，把手伸向火焰。看我走过他们身旁，一个老头叫喊着"瑞士……瑞士"，身子站起来一半，像要发表长篇大论，然后又重新坐了下去。我听到他老婆在数落他：

"你这喊的什么呀，没头没尾的。既然开了口，总得跟人家说点儿什么呀。"

可他窝儿都没动，像个罪犯似的盯着火盆。我被他逗得还没笑完，他就从五十米开外向我追了过来，想起刚才有可能冒犯到我，觉得很懊恼。他碰了碰我的胳膊肘，露出三颗牙冲我一笑，笑容真切而炽热。不，这一笑既不代表全村也不代表全国，这一笑只代表他本人。太可爱了，因为不管怎么说，我才是节日的搅局者。我有时就在想，在日本，到底是什么让这些老人如此超脱于其他年龄段的人。或许是因为，一过六十岁，社会便在相当程度上解除了他们的战斗意识，足以让他们的幽默感重新回归，尽情发挥日本人天性中的那份善解人意。

我们一起返回了镇政府。路旁，排成一长溜的农民正互相搂着肩膀冲稻田撒尿，同时体贴入微地彼此勉励，以免栽到田里。

**凌晨四点，第三家农舍**

一个脸色灰白的男人紧紧抓住我的肩膀：

"到我家来……没错！你必须来！"

这是那个把出租车留在村中的城里人。他因为酒劲和寒冷而发抖，我感觉他的高雅大概会让他在这里遭到不少嘲弄，让他一直无法忍受。他扒住我，就像扒在一只救生圈上，穿过街道，迈进房门，让我坐到已经在桌前落座——其实就是跪在一张矮桌周围——的一家人中间，家人一言不发，女人们到什么时候都很有分寸，装得一本正经，她们往里挤了挤给我腾出地方，忙着给我布菜，眼神里写着无言的指责。过了一会儿，"kimochi"（良好的气氛）才得以恢复，毕竟，这种气氛对日本人比氧气还离不开。此时，一个在桌子后面睡觉的男孩刚刚醒来，看到我以后吓得大喊大叫，搂住了母亲的脖子。他边哭边指着房门冲我叫道：

"Baka kaere yo！"（你滚，蠢货！）

没人当回事，因为一个三岁的男孩什么时候都有权利发火，但说到底，这样大喊大叫还是挺让人受不了的。我非常清楚我该怎么做：比如给他唱点儿什么，做个皮影，总之，通过小恩小惠和转移注意力与这个喊叫者和解，这里就是这种习惯。可我太冷了——除了冷还是冷，没有办法讨回公道——尤其是，从下午五点开始，我就没干别的，一直在微笑、哈腰、套近乎，诸如此类。

"我儿子，这是我儿子。"一身西装的男人不断重复着，仿佛这事很值得炫耀。

接着他又从一个衣柜里翻出他妹夫从法国带给他老婆的香水让我闻。香奈儿五号。他把香水举到灯泡底下，像举着一块真十字架（Vraie Croix）的残片，这时，他那漂亮的城里妻子和穿着蓝布裤子的小姨子村姑们一直在嘀咕"巴黎……巴黎"。想要阻止他把香水洒到我身上简直难上加难。为了打消他的荒唐想法，我又把巴黎拿出来说事儿。他们从电视里对巴黎的城市面貌已经了解得不少了，但还想知道那里的店铺都是怎么设置的，各行各业是不是依然像从前的东京一样都有自己的组织。于是，我们一起从卡戴（Cadet）市场——这个街角我特熟——出发，那里还有卖切碎的野猪肉的，去往南边的黎士留街道。卡戴街道上有饲料店、亚美尼亚面包店、烟草店、法国马会，我一家一家讲给他们听。接着是"果酱王后"（这家商店创建于十八世纪），福布尔-蒙马特尔街道，这条街上的牡蛎店整夜都不关门，还有茹弗鲁瓦（Jouffroy）廊街上的书店，莱奥托（Léautaud）曾在这里

偷过书。等讲到国家图书馆的时候,他们开始问我:

"你喜欢日本这里吗?"

## 早晨五点

没有忍受过至少六七个钟头的时间,我是不会讲日本音乐的坏话的。刚过中午时,那支由笛子吹奏的曲调还没怎么打动我,因为它的节奏缓慢而迟疑,用了很长时间才让我听熟。可到了半夜,我仿佛觉得自己就是听着这个旋律长大的。我现在已经听上瘾了,随着时间的推移,随着笛子手的不断替换(此时的农民身上都套了两件西服上装),这音乐变得越来越强烈、越来越可怕。变成了一种醉醺醺、雾腾腾、颤巍巍的叠句。舞者手里的火把晃来晃去,燃烧物成捆地掉到人们冻木了的后脖子上。一个个紧绷着脸、脸颊下陷,有的眼睛闭着,有的眼睛瞪得鼓鼓的。他们的脸与他们所戴的面具仿佛已经差别很小,我四处看到的都是鸟喙、猪嘴和昆虫下颌。

四下里——既然允许——不时还有一些恶意点燃的小堆火焰,烧一会儿就灭,谁看到这些火堆都会破口大骂,骂一会儿也就算了。音乐把一切都带到了它更加宽广的节奏之中。一个舞者倒下了,另一个马上顶上去。因为疲劳、醉酒和缺觉,全村又回想起那黑暗的年代,那时候的繁重税赋留下的口粮如此之少,全村掐死了三分之一的新生儿。这样的回忆已经不再是节目,而是成了仪式。小村的人群已经凝聚成唯一的一团，所有外国人都被排除在外。他们甚至都没意识到我们的存在。出租车司机也被隔离在外。他在与会者中传递一张裸体女人的照片，希望给自己拉一些关系，但是无济于事。作为最后的手段，他试图把照片丢给我：是一个把头发染成红色的姑娘，坐在沙滩上照的。他告诉我，那是个模特，他和另外十五个同事租了她一个下午。她很漂亮，海浪也很漂亮。可怜的老头，都这把年纪了就别开出租了。

太阳升起时，这些神明跳着舞拥向山下的村子。我就不跟过去看了。我太冷，喝得太多，根本暖和不过来，再加上肚子太饿，等得也太久。我需要摆脱烟雾、鼓声，在这个冬夜里走一走。可总不能空着肚子走啊。就在刚才，我在搭在镇政府背后的一间小屋里发现了一位老人，他正悄悄地在柴火上炖着不下两百升的汤。我再次走过他的小房子。他正打盹，屁股坐在一捆柴火上。偶尔睁一下眼也只是为了用双手把锅里的东西搅匀，扔进一把鱼干，然后接着睡。闻到他这锅糊糊的味道，我已经半虚脱了。我把他的汤好好赞美了一番，他很有礼貌地谢了我。可当我伸出我的饭盆时，他眼中的光芒暗淡下来，突然不再看我也不再听我说话。因为这锅汤并没有我的份儿：这汤得在某一时刻，按照某种优先顺序，盛给具有决定权的人，他怎么可能知道这个头发又脏又乱的傻瓜还会找到这儿来呢。再说了，拒绝别人是很不礼貌的。所以他就通过把我从心里排除的办法化解了尴尬。大功即将告成，因为他的陋室很小，而我说话的声音越来越大。这个一把年纪的伪君子，我把他看得很透，他伏在那口大锅后面，眼睛一眨不眨地盯着我嘴巴往下的某一点，把我看成一团水蒸气。这里惯用这样的招数：遇到对方失礼或是做出意外举动时，你要么扭头看向一边，要么干脆用目光穿透对方。如果对方来真的，习俗——有集体做后盾——也总会为你找到理由，毕竟对方只是个人行为。当我温柔地夺下他的汤勺，盛满我的餐盘时，老头再不多看我一眼。他带着神秘的微笑重新入睡。这样一来，我们俩就都合适了。从头到尾我都是错的，他都是对的。

**早晨六点**

冰冻的土路踩在脚下声音很刺耳。白色的冰霜，还有那黑色而刺骨的天空都为山谷添了几分美丽——月光、雾气出现得恰到好处——日本的景色始终需要这样的恰到好处以臻化境。透过冷杉的针叶望向天空，可以清楚地看出金牛座。我们走得很快，我感觉热量重又涌进我的骨节。到旅馆还有五十公里。我在琢磨到底得朝玻璃窗上扔多少块石头才能让人给我们把门打开，还不知道这旅馆我住不住得起呢。我脑子里一直响着那该死的笛声，由于我一直想着给它配上歌词，好彻底甩掉它，吕特伯夫（Rutebeuf）的那些诗句又从很远的地方回到我的脑海：

可怜的感觉啊，可怜的记性
还有我那可怜的利息

这就是那个上帝给我的,我主光荣

北风吹呀吹,我的屁股好冷。

这几句配得还挺合适,合乎音乐也合乎此刻的感觉。尤其最后一句。而且还是法语,绝了。

走到本乡①的时候,月光把稻田照得一片洁白,农舍外墙上挂着的萝卜也被照得珠光闪烁。此刻,整个日本还盖着鸭绒被酣睡呢。

---

① 原文作 Hogo,疑此地为月村东边的"本乡"(Hongo)。——编者注

# V

## 失忆之岛

## 二十　北海之道

> 集市上的那家店铺
> 记着三分钱的流水账目
> 在商店的望远镜里
> 这就是我看到的全部。
> ——小林一茶

> 人类来到世上的使命
> 就是回忆
> ——亨利·米勒

北海道（Hokkaïdo）是日本列岛中最靠北的岛屿，也是面积第二大的岛屿：相当于瑞士的两倍，人口五百万。岛的南边是稻田成片的平原，中部是火山、牧场和森林，东边则濒临世界上产鱼量最高的海域之一。从每年十二月到来年四月，积雪始终覆盖岛屿，东北海岸的港口（相当于米兰的纬度）被冰层封闭。北海道的意思（Hoku：北，kaï：海，do：道）就是通往北海之道。

现在已是八月，考试都结束了，当数百万电扇和折扇无济于事地搅动着东京滚烫的空气，炎热甚至让家养的蟋蟀都不再作声时，大学生们整火车整火车地涌向北方，到北海道避暑并实施"空间疗养"。支帐篷的小木桩、指南针、比例尺十万分之一的地图和装葡萄干的锥形袋：这就是"北海道人潮"。而且是新出现的人潮，因为在战前，人们是不会为了玩乐跑到这儿来的，除非是植物学家、鸟类学家、灯塔守护人或者受公司任命到北海道工作的人。无论如何，要说世界上日本文人梦想一游的地方，这里是最后一站。

在日本人理想化的地理图上，北海道这一格是填得最不满的。大部分四十多岁的日本人都没去过，而且永远也不会去，所以很难就北海道说出他们的见解。对他们来说，这块土地没有诱惑力，因为它几乎没有历史，但必须承认，他们从来不曾为给这里赋予一种历史而操心过：刚一发现北海道，他们就把它暂时放在了一边，这一放就是一千年。

公元六五八年，与一直占据岛屿北部地区的阿伊努人作战的日本大将阿倍比罗夫装备了一艘帆船，一直向北开到库页岛，越过了宗谷海峡，返回途中，在北海道南部极其野蛮地安置了一个"帝国办事处"，只是这办事处从此再无音信。然后他又急匆匆地再次南下，到位于大和平原上的朝廷"恢复"他的课程。实际上，那时奈良还没建起来；每位君主死的时候，天皇寓所都得挪开几古里①，所有"戴帽子的"（出身高贵者）都在狂热地向中国学习，学习中国的表意文字、命理学或者佛经里的书法。那时的佛教十分兴盛。在本州岛北部地区（现在日本的东北地区），几个强有力的、有野心的头面人物吞占了大片地盘，悄悄地开发，聚敛财富，只是那些被指派监视他们的帝国军官们还在这不毛之地上苦苦地守候着。八世纪时，军官们写给朝廷的书信只有抱怨和叹息：说他们现在待的地方不是鸭川河畔的京都，永远高朋满座，大家凑在一起品评杜鹃的叫声，或者诌几句歪诗，只是作诗时的中文用得太古板。这里到处长着野草、荆棘，刮着大风，移居外省的军官们饱受折磨，苦于在这里长年养成的过于粗犷的性格，他们不可能叹服于唐画精细的人体比例或者什么唯美的园艺。他们现在的感觉中枢已经在这片大得没边的原野上被冻硬、被缩水，早已不再是当年那只熟悉的、可以让人尽情一吐心声的纸气球。差了十万八千里啦。更不用说这里还有漫长的冬季了，对抗严冬，日本人从来没有找到过什么好办法，只有洗热水澡、喝酒，再就是盼望春天。

十二世纪末时，人们为日本大岛的北方构筑的就是这样的景象：一个充斥着暴力与冰雪的地区，没有圣人也没有书法家，那种地方只有驻军和被贬者才会去。一直没有太大的改变。至于北海道，当时还叫虾夷岛，只是北方几近神话的一片鞑靼地区，史书很少提及。似乎出于偶然，造访这里的第一位大人物

---

① lieue，相当于现在的三至四公里。——译者注

居然是一个幽灵：就是那位著名的源义经——武家日本最大的冒险家、无数小说与剧本中描写的英雄人物——的幽灵，他刚刚在一座被叛军包围的要塞内与家人一起自杀（一一八九年），成为流行于虾夷一带的传奇，阿伊努人把他放进了他们粗陋的名人祠堂。被中央政府打败并夺走地盘后，庞大的藤原氏族残余势力立即发现了这个亡魂的踪迹，逃到这里，在岛屿最南端缩手缩脚地定居下来。这些流亡者四下里安置军事哨所，与当地的蛮族讨价还价，有时也会通过镇压其治下居民的某场叛乱，或者在海滩上摆放一排割下的人头来为自己免除麻烦。他们翘首南眺，希望失去的财富尽快回到手中，只是南面的历史已经与他们没什么关系。除去财富，从南面过来的也有可能是各种各样的来访者；除了一帮骗子，还有假冒的和尚，总之就是一群恶贯满盈的家伙——此地真正的拓荒者，他们窜入北边的森林，大力开垦，与阿伊努人做交易，彼此杂处，开采露天矿山，买卖兽皮和次等宝石，这些交易相当赚钱，他们的主子在中央政府眼皮底下"取道"长崎，一直与中国维持这样的交易。就这样过了好几个世纪，要不是日本电视台为了吸引年轻观众跑到这里捕捞这个国家自己的"皮袜子"和"莫希干人"，恐怕今天没有任何人还会记得那段模糊的传说。

但捕捞者对这段传说的了解远胜于地图绘制者。特别是俄国人。十八世纪时，他们就在东西伯利亚站稳了脚跟，他们的捕鲸船开始在鞑靼海峡、宗谷海峡和虾夷岛沿海大肆捕捞。他们试图为他们的船队争得在岛上最佳锚地停泊和修补裂缝的权利。他们的密使在函馆①的停泊地一出现就被日本的地方长官抓了起来，向他们宣读了判处死刑的法令，灌了他们一大堆清酒（米酒），把他们毫发无损地遣返回去，没有满足他们的要求。在江户（东京），政府对外国人的窜犯很担心，终于！派了一位懂数学的和尚测绘了这片土地的地图，在此之前，政府为这里操心操得实在是太少了。在日本，名字是与运气联系在一起的：一次考试失败，一次比赛失利，这位学生或者这位职业摔跤手就会改掉自己的名字，把一切归零。十九世纪末，虾夷岛也这么干了。这座野蛮人的岛屿被重新命名为北海之道（北海道），这样可以稍稍提升一下它的魅力，组成明治新政府的杰出团队也对这里给予了足够的关注。整个国家的面貌彻底改变，它正在展现出非凡的推动力，只用一代人的时间，就把日本变成一个现代化强国。北海道被宣布为战略要地，在国家施行的工业化计划中起到显著作用。国库出资兴建矿山、渔场、工厂、纸浆厂，经过了十年的亏损经营，最后以非常便宜的价钱卖给私人企业（一八八一年）。国家整船整船地免费往这里运送移民，把这些人组织成民兵：其中不乏几个热衷于冒险的专横任性之徒，但主要还是那些因为缺粮而被迫离开自己一亩三分地、走得心不甘情不愿的穷鬼，以及希望在这场流放中让人忘记自己出身的"秽多"。还有海岸炮台的炮兵、技术人员、在本州各大城市遇到超强对手的小奸商。此外也包括各路传教士：美国新教、法国天主教，以及诞生于佛教复兴

---

① 函馆，日本北海道西南部港市。——编者注

的"新宗教",他们觉得这群尚未团结起来并且被剥夺了传统是非观念的乌合之众就是一帮可以随便捏弄的软蛋。自一八七一年起,按照一种直线式规划,札幌建起一座全新的首府,与此同时,由格兰特总统援助给日本的一位美国农学家负责教授农民粗放的农耕技术和"美式"农舍的建造技术——用红铁皮搭出四坡面长屋顶,将其修建在塔式筒仓一侧,这些农舍有助于为北海道的风景增添应有的魅力和朦胧感。

北海道旧貌换了新颜,但仍未达到解除"本土"日本人疑虑的地步。这份混合物中被加入了太多的成分,本土日本人已经尝不出它的味道。他们不能确定到北海道是否还算身处国内。直到上次世界大战,当连年歉收迫使本州岛的农民背井离乡时,他们还是宁愿前往巴西,那里的日本移民企业把他们照管得让他们很难感觉出自己已经远离故土。到今天,情况依然如此,东京有一个年轻人被任命为札幌大学的助教,他只是三天两头地跑到那边找间小房子住一下,像一名驻守当地的军人一样,把家人全部留在南方,担心家人在这个没有历史积淀的岛上会忘掉他们的"好习惯",变得太"manu-nuki"(直白、没礼貌),这个词是日本人从美国人那里借鉴的(manu=manners[礼貌]),有时也会用到美国人身上,用的时候加了一个表示否定的后缀。

现在,让我们先把这副教师腔调放一放。所有开往北方的火车都是从巨大的上野火车站出发的。这个火车站修得特棒:底下就像一个被烟灰熏黑的大蜂箱,挖成长长的走廊,灯光很暗,蓄着络腮胡子的年轻人向你派发广告纸,上面写着"Konban o hima nara, denwa o kudasaï"和一组六位数字（今晚独自一人？敬请拨打电话）。还有一些行为更加诡秘的年轻人，悄悄在这儿出卖他们偷来的东西。包着头巾、穿着蓝布裤子的菜农也会在这里把他们堆得山一样的白菜和萝卜垛扛到背上。

车站对面，有一条宽敞的林荫大道，大道上的嘈杂、拥挤和灯光让人想起交通高峰期的克里希（Clichy）广场。在密集交织得都能遮住太阳的电线下面，是布满灰尘的法国梧桐、"站着吃饭"的小饭馆，以及卖栗子的商贩、看手相的女人和持照拔牙者的露天货摊，还有几家墙皮已经脱落的电影院，用十米高的仿木纸板张贴着电影主人公的剪影肖像。可以看到被削掉的脑袋在风中飞舞，还有用链子拴起来的裸体女人，欢笑的大脸。在这些抽搐而虚假的人像下面——电影里根本看不到这些形象，是由胳膊肘、肩膀、驮在背上熟睡的孩子组成的缓慢而疲惫的人潮。右侧，在从大道通向公园的巨大扶梯上，两个"伟大的并肩作战的伤残军人"正在唱歌，"拉手风琴"，挪动面前的小碗。这里就是他们的哨位：他们的白色制服上装和他们的假肢也成了这里的一部分风景。这两个是假冒的士兵，因为前战士协会前一年就已经把那些真正的士兵从这种被认为有损其名誉的行业中撤了出去……但是，为了装得更像真的，这两个伤残者时不时地发出几声回忆在菲律宾和马来西亚作战时的凄厉吼叫。在这两个假战士身后，公园一直伸展到很远的地方，我就在这里闲逛，等着到点儿上火车。

在一个公园里，还能干点儿什么别的事吗？公园这种地方最没有现实感。一想起老子的格言"千里之行,始于足下",我就烦得不行。我开始记笔记,就是"Zuihitsu"(记录思想片段的随笔),就像日本人很喜欢做的那样,他们从来就没有相信过什么严谨的连贯性和"以上证明完毕"的论证过程……

## 松岛的小旅馆

在很多日本人的心目当中,西方人的血液是混浊的,里面充满了垃圾和斑块。那天晚上的我就是这样。就连我住的那个空无一物的房间也让我羞得抬不起头来。仿佛在谴责我。让我感觉尽管洗了澡还是很脏。身上的毛太多,无耻的欲望也太多,或许连器官都有一两样是多余的。在这么干净的环境里——要是在食物之中就更不用说了——一个无形的声音在不停地重复:变小点儿,别弄脏了空气,别用你们颜色那么丑陋的夹克衫玷污了我们的眼睛,别那么喜欢到处乱动,不要损害了我们已抚育八百年的这份尽善尽美,它已经有点失血了。

我很理解,但这个国家和这个夏天已经把我像一只鸡蛋一样一口嗑了下去,只留下蛋壳,我很难看出我还能为这个国家再做些什么,怎么才能存在得更少。松岛位于仙台市内,是日本"三景"之一。三百年前,当僧侣诗人松尾芭蕉来到这里,看到当时还很荒凉的海湾,并且在平滑如镜的大海上看到这十二三座草木茂盛的小岛,可能还有点儿轻雾,多少遮蔽了海平线那种令人受不了的壮阔美时，他受到了如此的震慑，以至于他此行所作的诗歌只剩下这样的赞叹：

松岛呀！

啊啊松岛呀！

松岛呀……

这几句诗差不多是按半个音的间隔吟出来的，或许再没有更好的表达方式了：有时候，重复确有必要，而亚洲人对此比我们理解得更好。这声音先是一声呼喊，再是一声呼喊的回音，再是一声回音的回音，回音从有到无，不知道最后消失的是人还是景。站在海边，这位旅行者低声告诫自己世事无常，这样的告诫方式真是太美了，那片海岸当时只有两三家小旅馆，老板的脾气都很大，还有几艘返航的渔船，上面落满了黑雁。根据我在一家糕点铺大门上方发现的一块风格朴实的招牌判断，直到五十年前，这几句诗依然称得上气势不凡。

可如今，称得上气势不凡的东西变成了"松岛日元"！变成了挂在小禅寺房顶上的大喇叭里播放的希尔维·瓦尔坦（Sylvie Vartan）歌曲。变成了游船的轰鸣和船上的臭气。（我们还把在船上脑袋一热买下的所有那些蹩脚货拿出来展示呢。）变成了那些编了号的立柱，游客先在这些立柱后面排成长队，然后再被"带到景点"，就像被大人带着上厕所的孩子，行动的时候还不能太磨蹭。变成了为卖相更好而活着嵌进塑料壳里的小螃蟹。变成了午餐时的盒饭，在某个负责的监督者命令下，大家"刷"地一齐打开餐盒。幸好，到了夜幕降临的时候，所有这些人，这些原本要求更好的东西的人都要睡觉。幸好，黎明的曙光十分美丽，而游客——肚子里的啤酒依然沉甸甸的——没有早起的习惯：他会在第一抹阳光和第一班开往仙台的火车之间再逗留至少半小时，到了仙台，还可以踮起脚尖去一睹"松岛呀！"的风采。

野边地（北本州）

　　太阳在这个小站上、在被雨水泡腐了的秸秆上、在秀色可餐的油绿田野上升了起来，这秀色径直从我的眼睛下到我的胃里。那是一片草地，里面长着三叶草，我转眼已有两年没见过了，而且是经过一夜的火车向北走了两度纬线的距离才见到这种三叶草的。我在一个堆满树干的小站下了车，这些树干都被截成方形，我踩着满地味道很重的锯末走上这个可怜小镇唯一一条街道，这里每人都扛着一把沉甸甸的锄头，这里连孩子有多大都看不出来，这里的大量细节都很有"北方味"，满足了我内心中的某种感觉，很久以来，我一直想找而找不到这样的感觉。那就是：柳树、双瓣雏菊、泼在草地上颜色鲜艳的洗衣液、一家飘着马蹄烟味的蹄铁铺、一家把马具染成暗色的鞍具店，还有随时随地摆出铅砣一般笨重姿态的黑马。这些大黑马把风景装填得很密实，同时从中拿掉了渐趋消散（这也能算风景？）的南方"景色"，尽管内行们对这样的景色如此欣赏。这些黑马不注意参禅养生，体重高达三百公斤，像"跑调"的低音提琴一般帮你把这一切从高处拉向低处，最后，又全都被吸进了那根三叶草，我把它含在嘴里，吮出了很多汁水。

## 青森县（乘坐公共汽车）

去年，日本人第一次可以直截了当地拿到护照、外汇并到外国度假。很多人都抓住了这个机会。可去夏威夷太贵，去香港太远，去马尼拉，那边接待条件不够好，去上海还做不到，至于西伯利亚海边的纳霍德卡（Nakhodka），实在没什么乐趣。因此，一到八月，在日本参观游览的日本人还是达到了两千万。各旅行社、各"候鸟运动"俱乐部、负责打造强健青年一代的各家公司等机构把全国像一只蛋糕一样进行了瓜分，连一点儿渣子都没落下，每一份又分成极小的小块！即使三流或四流景点也是全天二十四小时开放，每天上门的游客都有好几千。哪怕是在最荒凉的区县，公共汽车售票员也已经用心记住了一段客套话和几段当地的民间叠句，每次一见到有"背帆布包的"冒出来，她就会在话筒里唱起那些叠句。但大多数情况下，背帆布包的人（就是我）总是昏昏欲睡，因为他刚刚，怎么说呢……在塞得极满的火车上站了十个小时，这一大套知识量丰富的唱词只能唱给几个坐车去做生意的农民,这些歌他们从小就会唱(而且声调准确,这一点很不容易),虽然不怎么用心听,但还是礼貌地鼓了掌。

但这位售票员并没有放过我。"在你左边,有一片野生绣球花……这座丘陵有六百米高,另外那座比它低二十二米……"我得赶紧记下来:这样才会让她开心。

## 二十一　灰色笔记本

**铁路枢纽**

这里都有什么？
狗熊、妓院和火车站
雨伞下面传出几声低低的商议
不过就像当年的美国西部
火车才是真正的大生意
小阳伞下举目望去
到处可见高大的车轴和挂铜铃铛的火车头
生出斑斑锈迹
黑红两色的景象仿佛出自小孩子的画笔

围观的人群拥来挤去

水坑边有两个大学生正在比拼牌技
都想好好度过这个夏天
不是秋日,胜似秋日
绿色的原野和耕地一遍遍响起:
"一群乌鸦,一只……两只……三百只……"

我说!这地方怎么用的都是断壁残垣
仿佛别处风景的边角下料堆在一起
那别处的风景做得远胜此地
但这里却有一种东西属于它自己
有一种东西令我心动
有一种东西令任何唐突都无法将其占据
那就是绿草为它做成的新衣
虽不鲜明,但很结实
草地上是一群黑色的马匹
大力地向我点头称"是"
满怀希望,踌躇满志

车厢的窗框明亮如丝
那是无数只手肘一次又一次的擦拭
我的手肘再一次拂过这里
想到此生残破的际遇,内心顿然失掉勇气

此时的眼前闪过黑色的马匹

像重型船舶在草地上不动不移

性情稳健的马儿,你是我的益友良师。

        一九六五年于长万部

## 二十二　阿伊努人

如果有哪座村庄靠近火山，村里人就永远不会挨饿：他们只需把最近的热资源引到村里，开上一处"onsen"（温泉）。有史料记载以来，日本共发现了几千处温泉，每一处都挤满了兴高采烈的洗浴者。一处温泉对治一种疾病。有些温泉被认为可以包治百病。还有一些温泉位于山区省份，那里的农民干脆在冬天最冷的时候钻进温泉只露出脑袋，膝盖上放一块石头，以免睡着以后歪倒。

仔细打过肥皂并冲洗干净后，人们就会钻进温泉水池，一泡就是几个小时。当然，一丝不挂，因为，只要不是身体畸形，在水里还裹着一件衣服就毫无必要。泡的时候男男女女并不分开，也不大会为此而激动：到了温泉，主要还是为了洗澡。后来，西方人来了，不是搞乱了别人就是搞乱了自己；温泉的环境不再单纯，可以看到日本女人开始运用一些毫无意义的小伎俩，一会儿捂住腹部，一会又用过短过窄的毛巾遮住乳房。

外国人也会这样告诉你："啊！那温泉洗的……那女按摩师按的……"说这话时，他们的眼神显出轻佻，他们的笑容充满淫荡。说到按摩，同样要注意有两件事需要区分：按摩一方面是一门祖传的技术，通常由盲人操作，在中国人和日本人手里达到了完美的境界；另一方面，它自然而然地成为更简单运动方式的托词和掩护，学起来也不比其他方式更难。

在日本最大的登别温泉，我发现了一块写着"按摩"的告示牌，我要了按摩，就是想看看怎么回事。打了四个电话，费了很多口舌，又等了半个小时……等来的是一个腿上长满黑色老年疣的老女人，没准儿还是个修女呢。她那副姣好的面容麻木僵硬，但有光泽，和我们时常能见到的盲人的脸差不多。可她的视力好得很，带我沿着令人眩晕的楼梯一直爬到阁楼，那是她的房间。房间里生着一只生铁炉子，床垫上铺着一张干净的床单，屋里挂着一幅杜飞（Raoul Dufy）画作的复制品，还有一个老头，脖子上系着一条毛巾，正躺在那里舒服地叹着气，她刚帮他按完。我开始脱衣服；她让我侧身躺下，从脖子开始按起。她干活的时候闭着眼睛，好让她的手指更好地表达，她的手指硬得就像黄杨木。她的双手不时会碰到一处结节，或者按到我的痛处，我自己从来不曾感觉到，在我的灵魂心不在焉居住着的身体里，有些地方还有这样的结节和痛处。这时她开始发力，修复我的患处，揉散我的结节，我疼得就像被牙医治牙时一样。她就这样一直帮我按到脚趾，接着又开始对我身体另一侧下手。看着那张光洁、平和、合着眼皮忙碌的脸，我不禁想到，她干这行怕有四十年了，当年也曾是那些"小姑娘"中的一员，我们说到"小姑娘"时何等轻巧，上嘴唇一碰下嘴唇而已。或许，就像童话故事中的癞蛤蟆一样，她也会变成放浪的年轻公主。或许只需说一声"芝麻开门"，念一句魔咒，可惜我的日语还达不到这样的程度。那样一来，我很可能就无法在这里见识到相貌的丑陋赋予她的这种伟大天性，此时此刻，这种天性是比性感还要罕见的一种珍宝。她做完后，我的全身火辣辣地灼痛，连指甲盖都感到松快。我觉得自己又跑赢了一次无限远的接力赛，又接好了无限多的关节，全身上下畅快得仿佛成了一座能容纳一百间客房的酒店。

## 登别（火车站）

一到八月，日本年轻人便成群结队地前往北海道，按照准备了很久的时间表去观赏他们自己国家的"西部荒原"，结果这些时间表只给他们留下了从火车转乘公共汽车、再从这趟公共汽车转乘另一班火车的时间，有人在这么短的时间里还在勤奋地阅读景点介绍材料。火车包厢里挤满了身体强壮的小伙子、富于活力的大姑娘，两大阵营虽然互相观望，但彼此几乎并不说话，尽管他们都有这样的想法。同样，要是哪个放肆之徒胆敢询问左右芳邻从哪里来或者打算到哪里去，此时真该看看全车厢的人会以怎样的兴趣留意他的伎俩。如此一来，这句问话自然会换来微笑、嘲讽和比灵巧的应对更令人心动的局促，在那些已经被考试填得不能再满的脑袋里慢慢发酵。女孩子就会钉扣子或者想伤心事，有时甚至还会自杀（属极少数情况）。男孩子不是变得极度腼腆就是内心充满暴力倾向，直到有一天，比方说，五六个人聚到一起，把某个胆小如鼠的同伴揍上一顿，下手如此之重，让他再也爬不起来。我从今年夏天的报纸上找到了五六起这类最终蜕变为杀人案件的校园暴力案例。

人们之所以去北海道，不仅因为那里天气凉爽，同时也是为了领略被旅行社大夸特夸的那种"清静"。只是没人独自前往：每团都有十五或二十人之多，外带好几台收音机。清静吗，就算是吧！只要人数够多。显然，组团出行的预算——更加低廉——起到的作用不容忽视，但也有人多带来的乐趣。而且对这件事我多一句也不想再说了：这些年轻人只是没我那么耐得住寂寞。

时不时地，这么清静的地方也能碰上个把沿路劫道的害群之马——没错，独来独往，但当它低下头去忏悔自己的恶习，就好像得了一种羞于启齿的疾病时，它在你心中引发的善意便会荡然无存。

倒是一个从大阪来的小伙子跟我聊到了一块儿。他的同伴把他撇下了，要么就是他病了。他已经独自一人待了二十四小时。参观了一家啤酒厂、两个火山口，又在一处"重点保护"的森林边缘走了走，他对自己那家社厌倦了，查了一份旅游指南，看如何能把他的行程跟我的合到一起。

"你喜欢日本吗？"

对，很多地方我都很喜欢。不过我不喜欢这个问题。

"你会吃'sashimi'（生鱼片）吗？……会穿'geta'（木屐）吗？……会用筷子吗？"

这类充满担心的问题我听得太多了，都听感动了。所有问题的答案都是"会"，因为"生"鱼是一种美味的食物，木屐自有它的好处，而相对于在所有人嘴里都曾伸进伸出的钢制餐叉，两根光滑的、只用一次的木头筷子的优越性自不待言。按"日本方式"生活并无任何困难之处，有的不如说是乐趣：用一位年轻的法国父亲的话说，学起来很简单，小儿科而已。倒是和日本人一起生活有时挺麻烦……"而且只是简单地生活"。

这位来访者在我桌上发现一本书，心不在焉地翻阅起来。他的左嘴角抽搐般地拉动了一下，我看得很清楚，动得不太明显。我得有点爱心，不能犹豫。可现在，我感觉他想找的是一位老师……而我对学校曾经那么深恶痛绝。再说，我能教给他的东西少得可怜。我们的教学关系颠倒了过来；他教了我将棋（日本象棋）规则。过了一会儿，我因为太困就放弃了，把他自己晾在一边儿，他很需要有这样一次学习独处的机会。我正在慢慢地进入角色。

在乡下，农民们经常问我一个问题：我的母亲是否还健在？当他们听说她活在地球的另一端时，脸上便荡出一种发自内心的同情：什么！这人独自在一片稻田里，被外国人团团围住，离他的村子"和他的母亲"这么远……有时他们也会多鼓励我一句："不过，她给你写信的时候，你就能攒下不少好看的邮票。"

## 白老町

在阿伊努语中,"阿伊努"的意思是:人。这样的开始至少有一个好处,那就是简单。阿伊努人具有高加索血统,起源于中亚,在组成当今日本民族(大和族)的极其多样化的成员开始在日本列岛定居时,他们占据了日本的大部分地区。阿伊努人以狩猎和捕鱼为生,其文化从来没有到达过农业阶段,也没有达到用文字表意的程度,而他们的语言与其他任何语言都没有相似之处,像巴斯克语一样,成为令语言学家最头疼的语言之一。阿伊努人同样也是地球上毛发最多的人种,被认为极不讲究卫生。日本人似乎很早就对他们居住的地方感到一种莫名其妙的厌恶,说到他们时从来都是用的贬义词:"emishi""ebisu""yesojin"(野蛮人、原始人、粗鲁人)。有些日本精神病学者甚至从这些"可恶的毛人"身上找到了本州移民如此打不起精神跑到北海道定居的一大原因。

奈良时期,阿伊努人依然占据着从仙台到新潟交通线以北的整片大岛,而且并没有离开的打算。日本人派了多位将军去攻打他们,但这些将军长于书法却短于战略,他们向朝廷发出添油加醋的快信,申明自己的退休理由。后来,在更加能征惯战的将领打击下,在历经千年、比阿伊努人的文明更加发达的文明重压下,阿伊努人慢慢退向北方,日本人步步紧追,每位君主统治期间都在推移他们的"锉刀"和堡垒。到十七世纪,日本人通过蚕食阿伊努人最后一片狩猎领地,在北海道南部牢牢地站稳了脚跟，就像印第安人的文化一样，阿伊努人的文化大概也会连人带物一起消失。


## 陶罐与铁罐

按照威斯特法伦人肯普弗在那一时期收集的证据，日本人对新纳入他们治下的臣民没有太多的好感：阿伊努人"身强力壮，胡子头发全都长长的，他们只吃鱼，射箭与捕鱼都很机敏。日本人认为阿伊努人说话极粗野，而且又脏又臭，但是——"他接着补充道："我们不能完全相信他们的话。日本人如此喜欢干净，讲究洗澡，对我们也会做出一模一样的指责。"

确实，荷兰人——像所有外国人一样——大概理所当然地被认为身上散发着腐肉味，而且日本民众甚至开玩笑说，每次"Komo"（红毛）们去到京都的使馆时，九州所有的苍蝇都会跟到那里。

就在苍蝇们忙得不亦乐乎时，阿伊努人开始造反，北方再次出现了零星的"蛮族之战"。最后一次造反是在一七八九年，后来，阿伊努人的残余便无声无息地融入了日本移民稀疏的人流。一九四五年的一次人口普查查出阿伊努人有四万，一九六二年，另一次人口普查得出的人数只剩下一万六千名。今天，"阿伊努保留地"——这里有三户人家，那里有一排茅屋——的维持只是为了满足游客们的观赏需求。游客们很失望，但他们并不承认，因为他们觉得，既然不能让阿伊努人重新兴盛，何必还要浪费假期的美好时光呢。

在靠近登别的白老村,也有一处只有几个家庭的阿伊努人居留地,似乎是最值得一看的地方。我去了。村口有一块开裂的牌子,上面画着一位身着民族服装的阿伊努妇女,脸上点缀着半月形刺青,一直遮到嘴部,让她好歹有了点儿笑模样。走到这幅画下向左转,就会进入一条黄土小路,两旁排列着民间工艺小店,穿着民族服装的祭师叫卖着皮革、木头、毛皮制品,还有工艺令人叫绝的浮雕作品,只可惜被虫子蛀了,而且制作得很仓促,就像那些我们注定不再使用的物品一样,一点儿也不结实。

我到的时候,雨下得很密;游客都不见了。白天过得稀松平常,他们对我接待得很周到。这里的表演已经收工,一半配角都脱下了彩色祭服和桦树皮做的头饰,换上了雨衣和棒球帽。三个流着鼻涕的孩子——对敌开火时,鼻涕也是可以自行生产的一支有生力量——正在一只卡车轮胎里玩着一种游戏(大概是阿伊努人的游戏),什么意思我到今天也没想出来。门廊下面,男人们正在起劲地刻着木头熊;两个本来应该让自己的美貌派上更大用场的小姑娘则用刷子把木熊刷亮。

"我每天做十五六只熊,靠这玩意儿我就能周转,"这些斯达汉诺夫[①]式工作者中的一位这样告诉我,"你不来一个?"

不过真不便宜,我回答说我来自一个到处都是木熊的国家,连国旗上都能看见熊。他叫来两个老太太帮忙,她们以一种为了拉客

---

[①] Aleksei Stakhanov(一九〇六至一九七七年),苏联矿工,劳动英雄。——编者注

而百般讨人欢心的轻佻做派又是推搡,又是奉承,又是感激,非要以半价把另一只有点儿破损的熊甩给我。后来他们又放弃了;可能会等到明天把它卖给某个一早起来还在犯迷糊的人。这种小熊是卖得最好的一款商品。这也是唯一一种虽然够丑却毫无阿伊努风格的东西:世界通行的小熊,和贝多芬的面具一样魔力尽失。

  我在这个小街区里信步而游,看着太阳下落,商店关门。我迷惑了:阿伊努人……阿伊努人……在刚才上演的未经任何加工的那一幕中,有什么东西是阿伊努人所特有的吗?或许正是这样的小事,还有那一张张肥脸上的愉悦,以及那一双双被注入怒火的眼睛,从中可以看出胆怯和轻蔑掺杂在一起,与在流浪汉眼中看到的完全一样。还有一点光亮,我趁机给小店主们拍了几张肖像照。他们乐不可支地看着我在那儿摆弄我的相机,看着我脚上那双溅满泥点的皮鞋,好奇这人怎么会从那么远的地方跑到这儿来,怎么干活儿干得这么勤奋。我又记起了布拉桑(Brassens)的叠句:"我像一个傻瓜,骑着小自行车,我的妈呀……"他们看着我干了一会儿,然后向我解释说,那些真正的、官方认可的商人,也就是那些留着漂亮胡须的、给一个小钱就会摆好姿势让你拍照的商人已经走了,起码要来一辆带导游的大客车才有可能让他们现身。在一间像殖民展览中的浮雕一样立在一堆铁皮窝棚中间的阿伊努茅屋前,隔着茅屋的一扇窗户,我还是惊动了这些摄影主角中的一位:一位老得直不起腰的老太太,正在边低声唱歌边打扫她那座布满灰尘的小博物馆。她以为她这一天已经结束了,但她错了。本来就应该有人为我在雨中的长途跋涉和我走到最后才找到的这一整套阵容买单。我让这位老太太在她那间草房唯———只灯泡底下摆好姿势待了五分钟,她就这样站在那里,动作机械,听任摆布。她双手笨拙地交叉放在肩膀上,用一种细长的声音向我讲述她的不幸,希望我赶紧离开。一般情况下,来她家的人都是站在她旁边,用自动快门把自己拍下来,然后拜拜。她不明白我为什么这么磨蹭。可我也有被一张脸迷住的时候,这张脸的颜色是栗色,几乎看不出年龄,脸上那个表示妇女已婚的刺青印着小丑宽容而伤心的苦笑,让我欲罢不能。现在是我不想走了。当我告诉她,我觉得她有多漂亮时,她两手捂住额角,露出少女般妩媚的浅笑。她告诉我,明天再来的时候,可能会看到这里的男人。她甚至用手拍着我的后背,要求我再来一次,就这样稍稍抵消了一点我之前的卑躬屈膝。

我真的又回来了。看到了她说的男人,一共两个。每人都把着那条死胡同的一角,执着地等着顾客上门,就像两间在一条少人问津的街道上彼此竞争的烟草店。第一个已经全都穿戴好,嘟嘟囔囔的,头饰压到了眉毛上,拿剑的姿势像捏着一把小勺,一副轻歌剧中德鲁伊教祭司的模样。我送了他几根烟,可他想要的是五十日元。他跟我说"suwanaï……nomanaï"(我不喝酒不抽烟),大概是哪个旅行社给他吹的风儿,让他学会了这个善意的谎言,因为阿伊努人都是出奇好喝的酒鬼和积习深重的烟民。另一个——就是对面那位——表现要好得多。我来介绍一下:飘逸的胡须足有一拃长,长着一张加斯东·巴什拉(Gaston Bachelard)式的脸。八十八岁高龄的他显得很愉快,穿着运动鞋和沙滩裤懒懒地躺在长椅上,向空中喷吐着烟圈儿。这里就有一位,我心里想,完全与时代同步。何况,他之所以穿成这样,并非犯懒,而是要保持自己的高傲,他的传统服装只在高兴的时候或者情形(由他自己判断)需要的时候才穿。从他眼前鱼贯而过的平民百姓全都看不上,够牛气,有脑子。

"最让我为难的,"他向我坦承,"是他们问的所有那些问题,因为我几乎什么都不记得了。"

他说完就去给我沏茶。他是老太太的堂兄,那位老太太曾经让我极为开心。

我仍然觉得这一趟没有白来:不管怎么说,这两个老头也是曾经占据过列岛一半地域的那个民族的最后两位首领。此外,他们和佐藤荣作首相共同享有一种殊荣,属于日本被拍照最多的三个人物。不确切地说,这事是真的。

"落入机械文明陷阱的可怜猎物……柔软无力的牺牲品,我虽然完全可以理解将你毁灭的命运,但绝不会上这种巫术的当,它比你们的巫术还要贫乏,只会在贪婪的公众面前挥舞装有柯达克罗姆胶片的相册,用以代替你们被毁坏的面具……"(克劳德·列维-斯特劳斯)


第二处阿伊努人居留地就位于白老町以东几公里一处围着一圈芦苇的湖边。一共三座传统式样的茅屋,还有长长的一排水泥棚铺,卖的是各种纪念品,从带肋形胸饰的毛皮大衣到"阿伊努"儿茶盒子,包括雕成男性生殖器形状的烟嘴。当然,木头熊是少不了的。大部分商廊都掌握在年轻的"aïnoko"（日本人混血儿）手中，他们在城里另有买卖，总是穿着胶靴和蓝色双排扣西装，骑着崭新的本田摩托车往来于两处生意之间。他们是新生的一代，已经被完全同化，几乎只说日语。在阿伊努语中，"我欠你三十九法郎"被说成"我欠你九个、加上二乘二十个、减去一乘十个"。堪称世界上最复杂的计算体系，只适用于那些仅在同一时间拥有少量物品的人。我明白日本人混血儿不会老老实实待在这里。更何况他们的小工艺品生意好得厉害。他们甚至在白老町——就是那个阴森的小镇——建了一所极其精致的小型爵士乐俱乐部，晚上洗完澡后，就会去那儿喝啤酒，听塞隆尼斯·蒙克（Thelonious Monk）的音乐。我曾在那里和旅馆老板的儿子一起度过了一个美妙的夜晚，他是伐木工人，也是速滑冠军，喜欢在团伙中充好汉，总是不停地把每次打架后装上的假牙摘下来、安上去。穿着白上衣的酒吧招待——白天是卡车司机——用纯金的登喜路打火机依次给大家点着烟，并且向我坦承，他正在利用业余时间把海明威的作品翻成日语。这里的所有人都是一样的性格坦率、说话直接、为人自如。

纯种阿伊努人几乎全都属于老一代，作用只剩下维护形象，只要有人宣布来了一辆旅游大巴或者某个学会要来参观，他们就会急急忙忙跑进大轿车的车厢里去换服装，顺从地在湖边坐成一圈，等着摄影师完成拍照。只要再加一点儿钱，他们就会装成两只相当贪玩的黑熊，认认真真地翻上几个跟头（我不敢把这种把戏叫作舞蹈）。

我恰好就撞上过一次这样的欢庆场面。他们的服装——白底或棕底上衣，上面装饰着以黑、绿和红色为主的曲线图案——很美妙。他们的脸色很阴沉：因为他们的生活也不是天天"如此"。日本观众在导游的引导下已经开始投入工作：草地上到处是照相机的咔嚓声，不时有眼镜片反射出闪光。我在表演的圆圈里面找好了位置，在"Gaïjin……kankeï naï"（这外国人怎么跑这儿来了……这可不行）的叫喊声中拍着我的照片。就这句话的本意看：允许这个外国人如此行动的"kankeï"（关系）其实并不存在。不过我已经小心地蹲了下来，以免进入镜头，但在这样的演出中，一个外国人的意外出现或许把他留在大家心目中的那不多的一点儿可靠性也全都去除了。

而且外国人的概念也很模糊，人们可以轻易颠倒这个概念的意味；一般情况下，人们总是——努力克制自己——对外国人体贴备至，尽管这种体贴并非发自内心，只是希望他回国的时候能带着"好印象"。但只要这个外国人满身尘土，蔫头耷脑，或者"关系并不存在"，他就为千万种憋在心里的不满和没有说出口的失望情绪提供了释放渠道。用不着惊慌，会过去的，何况这一切纯属人的天性。最后，在你拍照时，有时候不一定非想着跟大家一样，保持淡定干自己的活儿。圆满解决，谢天谢地。

将近中午，我开始步行向样似（Samani）出发。天上一边出太阳一边下雨。路旁开着巨大的伞形花，牧场成片，极偶尔能见到几座红屋顶的农舍，脚下的路笔直地伸向天边。一列小型蒸汽火车，也就是那种在画册中才能见到的火车，用黑烟在沉睡的风景中画出一个花式签名。我在这条宽阔的马路上走着"之"字，向这里或那里的马匹们打着招呼,像踢飞费里尼(Fellini)电影中的某个人物似的踢飞一只罐头盒,想到这种以猎熊和捕鳟鱼为内容的文化,想到这种文化中以毛皮、树皮、黏土为常用词的新鲜语言,想到靠这种文化幸存下来的少数人群,感到十分忧伤。

"每位只需三十日元,"日本官方旅游指南(一九六二年版)明确指出,"亲切而和蔼的阿伊努人将热心地向参观者展示他们的文化遗产、他们的宝物、他们的住宅……"

阿伊努人、塔希提妇女、阿尔及利亚肚皮舞娘、美洲的霍皮人(Hopi)和纳瓦霍人(Navajos):这些可怜人都是托马斯·库克①的非婚生子!实际上,这里就像当年的格尔戈维(Gergovie),留二十个高卢人,圈出个围场,让他们举着法兰克战斧、害着沙眼、生着阴虱活在里面。为这事甚至都不值得写一篇论文,天知道我们今天为此写出的论文有多么单薄!

要是你哪天路过白老町,最好还是到爵士俱乐部那一带看看:再有一年,这里的人就会掌握足够的英语,可以告诉你北海道有一天会变成什么样子。


胡蜂蜇在流泪的脸上(日本谚语)

　　傍晚时,我离开了白老町。天空阴沉,我很想走路,决定沿

---

① Thomas Cook(一八〇八至一八九二年),英国旅行商,近代旅游业先驱者。——译者注

着海滩走回登别。我穿过绵延于大海和公路之间的沼泽,踏上长长的黑色沙丘,沙丘布满了枯骨颜色的草根。一个人都没有,连人走过的痕迹都没有。这里或那里不时可以看到某只海豹留下的两道深印,大片的雾气像公共汽车似的流动着。我脱掉鞋,踩着沙子,听着海鸥冰冷的叫声和看不见的海浪的拍岸声。脚下是二十公里海滩,我反复对自己念叨着:大海……大海,觉得很满足。最简单的快乐才是最大的快乐。一小时后,夜幕像一块石头一样落了下来,我发觉自己被一条连通大海与潟湖的航道拦住了。俯下身,可以看到一股汹涌的急流冲皱了水面,但我不想原路返回,摸黑穿过沼泽的念头对我来说毫无价值。我把衣服装进挎包,把挎包顶在头上走进航道。航道比我预想的要深得多,退潮猛烈地涌向外海。我怕踩到海胆、碎玻璃、海参。走到正中间时,我险些摔倒,而且,恰恰是在此时此地,在漆黑如墨的夜色中,在深及腋窝的急流中跟跄地保持平衡时,我"看见",就在一千公里以外,伊莲娜趁我不在家而留宿的男友正在令人难以忍受地伸着懒腰迈下我们夫妇的床。当一个像我这样的傻瓜毫无利益地迷失于类似这里的贫困之地时,对于这样的场面,是完全无能为力的。我被如此荒唐的疑心吓晕了,差一点儿就像只瓶塞急速漂向远海,加入那支出没于津轻海峡的复仇者幽灵军队。非常幸运的是,我几乎瞬间恢复了自我控制。仅仅因为这样一个想法而被淹死!我还想死得壮烈一些呢……

我擦燃了很多根火柴,从另一侧找到一条通道,它引导我穿过沼泽,一直走上公路,避免陷入流沙。我冻僵了、湿透了。徒劳地试图拦住一辆汽车。夜色和雾气让人们变得提心吊胆,这很正常。我挥舞拳头,冲着远去的卡车尾灯高叫着"混蛋",一下子年轻了好多岁。

## 样似之南

晚上九点,一辆只有我一个乘客的公交车把我放在了这个终点站。所有的灯火都已熄灭。这是一个被上帝遗弃的小港口,还下着倾盆大雨。我趁人家还没拉上木头门板时迅速冲向旅馆。赶得正是时候。他们帮我在一个已经被两位睡客占据的房间里铺了一张草垫子。

厨房门口,老板和他夫人正在看一部表现爱情的电视连续剧,从他们前伸到难以支撑的脖子和凝重的面部表情可以看出,剧中的恋人还要流很多的眼泪、受很多的挫折才能重逢。房间一角,他们十三岁的儿子因为对这些无聊的情话不感兴趣,正在做"空拳练习",对着假想敌挥出唐手,至少有一半出拳足以致命。他光着脚,剃着短发,穿着黑色的紧身校服,完全沉浸于自己的把戏,大声地喘着粗气。板起的面孔、迅猛而娴熟的肘击、伴随每一次起跳发出的低吼,这一切构成一个相当令人担心的场面。很难想象普罗旺斯或者沃州(瑞士)的哪家农舍会有这样的场面,但在这里,人们永远都会让你记住,日本长期以来就拥有一种尚武文化。

过去一年，我们记录的小学、初中和高中学生对教师实施的侵犯或其他暴力行为有一百六十七起……涉案学生共计一千六百九十五人……警察局的同一份报告指出，全国约有一万七千名小学、初中和高中学生加入了犯罪团伙……（摘自一九六四年十二月的《日本时报》）

人们往往喜欢拿日本人与斯巴达人相比，比完就平静了，以为该说的都说了。日本人自己则搔首弄姿，以便更突出这种类比。这样比法还不够，幸好我们有的是理由把他们与雅典人和罗马人做比较。我们仍然可以在日本历史的字里行间看出那种伤感的节俭味儿，那种忧郁的坚忍味儿，这几分受虐狂情结就已经让人们完全将斯巴达置于脑后。埋葬死者之后，他们再次磨快战刀，借此消磨时间，等着杀更多的人。哪些自我牺牲的美德构成了这样一种缺陷的反面，我看得很清楚，只是支撑大屠杀和暴力行为的那些伦理道德不足以消除我的疑虑。最后，斯巴达没有给我们留下任何东西，如果有，也只是那个可恨的立法者的名字，以及证实母亲们更希望看到自己的儿子重新拿起他们的盾牌而不是空着两手的轶事。显然，这只是日本文明众多表现中的一种，但却是最有生命力也最重要的一种，自平安时代末期以来，不管形势如何，这种表现经常都会占据上风。对于曾将日本的中世纪置于愁云惨雾的令人忧伤的战功，松尾芭蕉又一次说中要害。他肩上背着朝圣者的褡裢，走过一处著名的屠杀现场，这样写道：

Natsugusa ya !

Tsuwamono-domo ga

Yume no ato……

萋萋夏草

武士魂

依稀留梦痕……

人们不停地重复,说这些武士同样也是美学大师、制陶行家、书法高人,或者,就像年轻的敦盛①(日本的兰斯洛特②,年纪轻轻就被人杀死),笛子吹得足以迷乱你的心智,但丝毫无济于事。这些令武士们声誉卓著的高雅消遣方式仍然无法让人忘记,作为精英,他们的几乎全部精神力量都要献给效力某位雇主时的杀人艺术和中规中矩的死亡艺术。那些老将,厌倦了此生冷酷无情的残暴杀戮,剃掉头发,披上袈裟,做了托钵和尚。何况,很多人都成了一代名僧:他们勇于吃苦,凡事亲力亲为,以一人之力所发慈悲足以抵得上整支军队。日本社会就是一副枷锁,你根本无法从高处挣脱……

年轻人刚刚做完他的运动,老板也已经关了电视。我回到房间,在两位睡着的同屋之间吃了一碗冷饭。一位已经睡熟,脸

---

① 日本平安时代末期武士。——译者注
② Lancelot,亚瑟王传说中圆桌骑士团第一勇士。——译者注

蛋枕着一张公路图；另一位打着呼噜，一顶油腻的帽子盖住眼睛，正做着梦长途跋涉。他的左臂放在一个巨大的流动商贩杂货箱上，箱子已经翻倒，扣子、口香糖和剃刀撒了一地。展开我那张草垫子时，我看见里面蹦出一只跳蚤，不见了，又出来了？不对：是另外一只，好几只呢。千万不要以为这里的日本人不如别地的日本人讲究卫生，只因为此地穷乡僻壤，贫穷如影随形，尽管他们洗澡洗得特别勤，本地的跳蚤还是会找上身，钻进厚厚的席子，这正是它们怎么赶都赶不走的原因。这让我想起以前在马其顿一家旅馆里度过的夜晚，跳蚤成群结队地向我袭来，没办法，只好跟包括清真寺在内的全街区的害虫睡在一起了。可我本不该唤醒这些灿烂的景象，现在可好，被一种典型的日本式忧郁症缠上了：这种症状是从胃里呈放射状喷出来的……所有我们自以为了不起的东西都被冲淡、消失了。我不了解其他国家，无法那么巧妙地从你们屁股底下把椅子抽出来。最好能喝点热清酒，不过我不想吵醒这一屋子睡着的人，而且我也没什么钱了。我打开手电，为了自我安慰，重读了几页《宿命论者雅克》[①]，只是书里的人不停地结伴作乐，一壶接一壶地喝着安茹（Anjou）葡萄酒。我摸黑躺下，为了不让自己垮掉，说服自己把两位同屋当作佛陀，把我自己也当作佛陀。最新的佛经会证明这一点。

---

[①] *Jacques le Fataliste*，全名为《宿命论者雅克和他的主人》，为法国启蒙时期作家狄德罗著作。——译者注

## 二十三　襟裳岬

沿着一条沙路驶向襟裳岬的公交车几乎立刻消失在雾织成的蚕茧中，发动机也像烛灭一样没了声息。我们车里的这十二三号人一直在跟困意做斗争，时不时地，邻座的脑袋就会滑到你的肩上。一到夏天，持续的风就会把一大团中间露着缝隙的、白得让人犯困的雾气刮到襟裳岬，然后再刮走。雾气四处伸展，迅速蔓延，透过中间的裂缝，可以看到大片绿得无与伦比的草地静静地流向大海。随后，一切又被白色笼罩。随后，这片绿色再次出现，其间晃动着点点紫色——那是野生的鸢尾花，被风吹得几近枯萎的花瓣在花枝上摇曳。海边的岩石上，挂在钓竿上的黑布焦虑地噼啪作响，昭示着遗弃物、水流、一条美人鱼或者别的什么动物的存在。

这里的风景仅由青草、灯光、涡流组成，空无一人，贫乏、执着，如梦境一般不懈地重复着同样的事物，没错，又像一个才具非凡的讲述者口中的故事情节。这团浸满海水的雾气悬在空中,被风吹出条条廊道,呈单数群飞的乌鸦在其中若隐若现,当阳光穿透雾气时,就好像这片多雾而荒唐的地域全部被装入一只魔力水晶球,到处都能感觉到那种能将你在空中搬来运去的凸度。宽广的草地,有着无边的法力。我想不明白,公共汽车司机如何每天穿行于这座镜子建成的宫殿而能不陷入某种醉意或者不治的忧郁,而且还能记着踩离合器或装行李箱。

不过这辆公交车还真不错。没有固定车站:一会儿这儿上来一位妇女,一会儿那儿下去两个孩子,俩人随即拉着手消失在昏暗之中。车子在风中平稳地轰鸣着,像忙着去讨生活的金龟子穿行于这片奢华的草地绒毯。这也是最适合此情此景的一种交通工具,因为这里既不应该骑马(太夸张、太自以为是),也不应该开私家车(得不停扇开挡住反光镜的自家孩子),更不应该坐牲口拉的两轮车(场面太过别致:看到车上的铜灯笼和拉车母马的长耳朵,人家就会说:"天哪,瞧这车,多有派头!"而且所有这些生活附属品都在勾引你,而且都会挡在你与风景之间)。

可在这辆公交车中没有任何东西能够帮我解闷。这种车我经常坐。所有这一切我都如此熟悉:售票员的安全带绑得太紧,肚子都勒出来了,她的哨声不时响起,帮助车辆开路,"oraï……oraï……"(劳驾让一让),司机头顶上方的花瓶里插着塑料玫瑰,麦克风乱响一气,怎么拍都不管事,乘客们的睡姿要多难受有多难受。这些东西我太了解了,连看都懒得看。私密、踏实。坐在车里如同待在母亲肚子里,只是晃得更厉害些而已……此外,坐公交车也很便宜(我只花四法郎就坐了整整一天),而且哪儿都能到。有几次甚至到过沟里、河里，也到过被海浪侵蚀的悬崖下面，车上的大包小裹渐渐漂远……这一下，要么是，永别了，生命，要么更糟糕，永别了，女人；如果脑袋撞坏了，那就成了：永别了，那一大堆烦心事，永别了，来得正是时候的法院传票。但这样的不幸仍然有可能降临到你头上，你仍然有可能再也分辨不出阴和阳、圣子与圣灵，你肯定能得到人们的普遍同情。人们再不会被一个受伤的老外惹恼了。区医院竭尽全力，担架员又是帮你叠纸燕子又是帮你折纸鲸鱼，就是想逗你笑一下；打完了针，本地记者就会来拜访你，而且可能是位前帝国海军军官，闪光灯用得还不熟练，他绝对不会把令他倒霉到如此地步的各种不幸说给你听，但既然这里的惨人惨事与报纸内容总是如此频繁地混为一谈，你尽可以往最坏处想象。随后人们就会把当地报纸上与你有关的小标题指给你看（《一位外国游客的悲惨命运》）；你的床上放着读者来信——不是一封，而是七封，接着是十一封，写信的都是痛心的、真诚的、热情的女学生。跟她们走得最近的教师也骑着摩托跑来把信翻译给你听："我独自一人住在农舍，想到了你的母亲。樱桃树已经开花了；李子树还没有。想想年迈的老人，想想美妙的四季，你就会重新鼓起勇气。"总之，这样情真意切的来信即使是少年维特也绝对写不出来，你以后也别想再收到了……

……一个嘶哑的声音吵醒了我。我大概困得睡着了。此时的太阳已经升起老高，比昨天还要晴朗。公共汽车停在了一个深红色的邮箱前面。这里有一个人类居住区，五所住宅的房顶分别漆成青绿色、红褐色和蓝色，飘浮在发亮的雾气中。一片月牙形的沙滩上，停着五条小船，上面装饰着谁都看不懂的红色图案，很像北欧的古文字。小船和房顶的上空耸立着一座陡峭的圆顶山丘，山丘覆满了丝绒般美轮美奂的绿草，与我今天早上见到的绿色一样完美，就在山顶最高处，一匹巨大的黑马正陶醉地撕拽着剪得很短的草叶。顾不上去想它是自己爬到那么高，还是因为犯晕被云雾吞下以后带到了那里。就好像耶罗尼米斯·博斯（Jérôm Bosch）已经被人超越，他刚以洛可可式风格，以怪异的鬼才，以所有的华而不实画好一幅作品，一位比他高明得多的画家紧跟着就过来把它抹掉了。我自己都没意识到，几年来，我一直在期待这样的画面，无法理解它们为什么会让我感动。我中途就下了车，坐在路边，几乎陶醉，脑袋嗡嗡作响，像个被过于苛求的人似的费劲地咽着唾沫。只有徒步走完剩下的路程了。

## 上午十一点

又是一个邮箱，小船和房子也都神奇地处于与先前居住区相同的位置：都是用沉船的残余木板建成的结实房子，对大海再没有任何恐惧。透过其中一座板房的窗户，我观察一对渔民夫妇好一会儿了，他们正忙着在晒场上摊开海藻，海藻长达数米，粗细有如手腕。我在这片海岸还没碰到多少人，但已经见到的无不成双成对，而且每一对彼此之间都绝对不会离得太远。与相亲相近的信天翁和啄木鸟毫无二致。女的一般都稍胖一些，而且因为好奇而更加胆大。我敲响了一家人的窗户。

"你好！"

"进来吧！"

"是不是不能给你们拍照片？"

（用反问句可能会更礼貌些，日子越清贫的地方，那种多少能装点一下这种日子的礼貌就显得越得体。）

"当然不是！"

（意思就是：那就拍吧，请便……）

女人现出身形，走到门口，我拍了一张类似"美式沙龙"中的肖像照。男人随即像切开用来咀嚼的烟叶一样将一片海藻切成细条，塞满我的衣袋。这个叫作昆布，平常就蘸着醋吃，在我看来，它似乎是这个村子唯一的一种资源。我嚼着这种皮子一样的东西继续赶路，里面包含了海水的所有味道：盐、碘，能嚼出鳀鱼群的踪影，还能嚼出货轮在海面留下的油迹。用舌头转动海藻，甚至感觉自己能从中品出潮汐的脉动和月球的分量。海藻代替了我的午饭。


中午时分，襟裳村

这里的所有面孔都带着半分苦笑，以及那种被持续的大风刮出的疲态，然而，在公共汽车站对面的乳品店里，有一个妆化得像在演戏的小姑娘却在往一座小砖炉里填塞旧纸板。我走过去坐到这座长年不熄的炉灶跟前,她为我端来了牛奶。她的眼睛是灰紫色的,我在日本还从没见过这种颜色的眼睛,她的动作惊人地灵活。这地方的人一个个都像被火烧过,唯独她让我觉得实在漂亮。在这样一个偏远的角落,她把妆化得这么完美,手指甲涂上指甲油,到底能管什么用呢?她帮叔叔做家务已经好几天了,前些日子,她的叔叔一觉醒来就成了鳏夫。可那之前呢?之前她在室兰(Muroran)港集市上的一家商店里训练那些聪明的海狮,现在,她每周日都要回到店里,以免中断了海狮的训练,因为,你知道,这些小动物比我们人类忘事还要快得多。好吧!既然眼睛都能长成紫色,怎么就不能再驯服几头海狮呢?何况今天早上我的感觉又这么好!

时不常地,就会有一张面孔从雾气中探出,挤在乳品店的窗户上,专注地审视我的一举一动。面孔时有时无,我有时能看到两三张高矮不一的面孔。主要是因为这个村子不怎么有外人光顾:公共汽车一天一班,天气预报中不时会传出沉船的消息,或者是某架飞机因为在这里出了名的浓雾中迷失方向而摔到地上。直到此地,直到今天,我方才明白我来这座岛要找的是什么。

从钏路到?(凌晨五点)

这趟慢车挤满了穿长裤的老头和戴头巾的老太太,半明半暗的光线中,他们把肩上扛着的白铁皮箱子放到座椅之间,这些箱子每次颠簸都会跟着蹦跳几下，渗漏并散发出难闻的海鲜臭味。他们都是流动商贩，准备深入乡村把他们今早在港口有幸捡到的边角料卖掉：鳕鱼头、章鱼段、有点破损的小螃蟹。都是一些品相很差的小鱼小虾，而且已经腐坏，因为，海里跟陆地一样，穷人也有穷人的味道。女人们还带上了粉色和绿色的糖块，五块一包包在玻璃纸里，这些糖块——不管她们多么用心——最后也会染上鲱鱼的味道。她们蹲在座位上，用最快的速度干着活儿，不停嘴地聊着闲天，找机会就会彼此给身边的人腿弯下面狠狠地来上一下，好在众人的笑声中把对方摔个屁股蹲儿，也好活跃一下气氛。

我对面的两个老太太已经干完了手里的活儿，开始拿出"bento"（便当）吃早饭——饭团加几块酸白菜，准确地说是放在我的膝盖上。吃完以后，一个老太太打开一块洁白的手绢，以极其谦和的动作擦去掉在我外套上的饭渣，另一个则擦燃一根浸硫火柴，让火柴一直烧到手指头，因为她刚才很失礼地放出了一股空气。

此时，初升的太阳在沼泽地上跳动着，为车厢洒满了黄褐色的光芒。一只只铅灰色的下颌闪出晶光，所有的脸庞都开始发亮：晒得黝黑，布满皱纹，脸上的线条残破得有如墓地中的佛像，但其余的部位则充满温情，眼神中闪烁着某种坦率与调皮，我在这里通常很难见到这样的眼神。只要没有什么可失去的，也就没有什么好隐藏的；这些人虽已落到与其自食其力不如听天由命的地步，但他们应付得却比我们想象的好得多。整节车厢的人其实都很清贫，也很不上档次，但他们却是我在日本碰到的最热情、最随意的一个群体。我并不是出于黎施潘（Richepin）式伤感说的这番话，而是因为我清楚地看到这些人是以怎样的自在去互相帮助、互相配合，随时随地都能找到笑料和话题。我给他们拍照的时候他们显得很享受——既不会手足无措也不会呆头呆脑，因为我每次拍照的时候都离得很近，而他们早就看惯了相册里那些把自己拍得很小的照片，他们总喜欢多照进一些风景。

他们的交谈——连珠炮般的下流粗话——不时会戛然而止，所有人都会扑到车窗面前，因为他们可以在沼泽中看到一只白鹤在梳理胸羽，这种鸟有一种说不出来的优雅与洁白，立在芦苇丛中的样子就像一只完美无瑕的明代花瓶。

能看到一只鹤就会给人带来一千年的好运。看到一只龟，一万年。至于看到鱼，其中的因果关系也并没有我们猜想得那么糟糕：每过三年，这些每月连一百法郎都赚不到的流动商贩都会到一座佛寺去以头触地，按规矩给庙里的和尚送上一个折好的信封，里面装着一笔小钱，是从他们本就不多的收入中拿出来的，请和尚帮他们为那些安息的小鱼小虾做一场超度法事，这些鱼虾都是为了能让他们活下去而被宰杀的。

老御木本（Mikimoto）也没少为珍珠贝做这样的法事，做珍珠贝生意让他发了财。在京都的寺庙里，人们每年都要为裁缝们折断的针和献出毛来制作毛笔的獾做法事。圣保罗说过："上帝岂会为牛担心？"只是日本人始终活在一个单一的世界，他们甚至会为贻贝担心……当然是在吃掉它们以后，真的。

## 摩周湖

在法国，负责解说古迹的导游有时甚至会先摘下帽子再跟女性说话（在阿维尼翁的教皇宫就有这样一位，特别有礼貌），可如果一位法国导游对全车带薪休假的人说："我本不想惹人厌烦，但如果承蒙诸位转过头去，你们的目光就有可能落到维朗德里城堡之上"，就会被视为弄巧成拙，甚至有可能吃几记耳光。在这里，到达摩周湖景点时，导游对着麦克风说出的话……我不知道该怎么翻译：显然比这番话还要礼貌。

摩周湖位于一处火山口内，旁边有一个比它更高的火山口，皱得就像被人砸了一拳的毛毡。有点类似瑞士山区的湖泊，只是更荒凉，笼罩着火山为景区增添的朦胧感。湖中间有一座小岛。岛上看不出住人的痕迹，却有一座为游客修建的观景平台，每到八月的周日，这里就可以听到这样的规劝："Osanaï de kudasaïmase"（请不要拥挤）。附近还有两个湖泊，景色不比这里差，但摩周湖的可贵之处就在于它的"神秘环境"，或者说诡秘环境（我觉得最好还是按照"shimpiteki"的第一层意思来理解），大概是因为某个负责管理景区的机构施加影响的结果。我是唯一一个外国人。

"你觉出某种神秘感了吗？"有人亲切地问道。

"我觉得这个湖很美，可干吗要觉得神秘呢？"

"因为有一位德高望重的教授是这样断定的。你们还要等到什么时候才能学会相信别人呢？"

是啊，还要等到什么时候呢？问得好！

## 二十四　网走博物馆

我是连蹦带跳跨过地上的水坑，穿过广场去寻找当地的博物馆的，那些泥猴般快活地流着鼻涕的孩子看到我的样子，给我拿来好几张大纸，想让我在上面给他们签名。我们坐到一个门廊下面。可是我就讨厌签名：像给一大笔钱似的把我那个已被旅行掏空实质内容的名字写给这些对我如此信任的孩子，给我的感觉就像是在欺骗他们。所以我写的都是"金龟子""马队"，还写了"面粉"，这么说吧！我挑的都是能带来一点音乐感和好运气的词。看到我如此顺从，他们又叫来一群更小的孩子，这些小孩子向我伸出一块块打湿之后又被晾干的纸板，这一次我签的是"波马特红葡萄酒""梦拉榭小姐白葡萄酒"，还有"尚泰梅尔"，这是旺代（Vendée）一片树林的名字，还是很久以前，我曾在那里采过蘑菇，那时候的树林也是阴雨连绵。写到这里，我即刻回想起以前住过的旅馆、带铜球装饰的床、躺在床上带着笑模样刚刚睡醒的女人，我举着笔，深深地被这种似真似幻的奇妙场景所打动。胸中块垒被记忆之光照得通亮。

"你写的名字全都不一样！"这群孩子中最大的那个女孩一边比对手里的纸片一边冲我叫道。

她扯着嘶哑的嗓音，在泥水中跳着脚，不时露出完美的大腿。他们一直陪我到博物馆，穿着满是泥浆的木底皮套鞋一阵风似的冲了进去。拉着我从一个玻璃柜奔向另一个玻璃柜。"看这三只熊。"说完接着往下走。在他们这个年纪，三只做成标本的熊再怎么说也会让我停留更长时间，可我怎么觉得他们好像每天都来，对这里熟得不能再熟了。"那是螃蟹的孩子。"他们说的是正在一瓶福尔马林水里脱皮的一堆棕色小蛋。再后来他们就把我撂在原地，自己忙自己的去了。此时还是清早，展厅里的光线很暗。这个博物馆属于我喜欢的那种，感觉像是在一位发明家的阁楼上翻检。看我发现了什么：

——一辆漆成黑色的普通双座自行车，有三挡骑行速度，出厂时间是一九一一年；

——一台供大名享用的轿子，黑色的底漆上画着银色的菊花；

——三只南太平洋极乐鸟，是由一位曾在那边作战的上校捐赠的；

——阿伊努人使用的雪橇和弓弩，不带任何铁制零件；

——一座钾矿的剖面图；

——一位俄国大商人的账本、旅行图标和七刃刀，这位商人一百年前在这一带的外海上死于海难。

但最值得一看的还是西伯利亚一个叫作奥罗克（Oroko）的

部落用木头刻出的神奇雕像,战后,这个部落带着他们的萨满从萨哈林岛来到这里定居。雕像的大小跟手掌差不多。面孔呈椭圆形,略显凹陷,鼻子勉强能看出轮廓,黑曜石做成的眼睛不管你走到哪里都会焦虑地盯着你。其中有两个小雕像被底座脱落的一团木屑埋住了,那副神态绝对像是在暴风雪中寻找道路。可以感觉出,每位参观者的嘴上都竖着一根看不见的食指,这些娃娃表现出的安静、寒冷、下冰雹和下雪花的感觉如此强烈,以至于所有人都本能地竖起了衣领。雕刻者堪称北方的克利(Paul Klee)。我很想把整群雕像搬到光线更好的地方,以便把它们全都拍下来,于是开始找管理员。找到了,就是他,身后跟着一个身穿白大褂的徒弟,出于尊重,那徒弟与他保持着一段距离。这老头走路一瘸一拐,额前的一绺白发在持续的兴奋中像一片树叶抖个不停。他弯下腰,站起身,发出一阵大笑。

"我的娃娃们已经让你冷得不行了吧!照相?行啊!去我办公室?可以!"

他鼓捣了半天玻璃柜上的锁,剪断了小雕像上捆着的绳子,就好像每一秒钟都不容耽搁,抱起一大把"神像"夹在腋下,结果掉到地上一个,摔断了一条腿,被助手沉着地重新粘好。轻微的跛行更让他显得有些神秘莫测。

我们把偶像们摆到一个盖着白布单的玻璃柜上。照相照了三个钟头,整个过程中老头不停地自言自语。这个博物馆展出的都是他的个人藏品:他自己出钱盖的房子,他的地窖里装满了各种神奇的物品,他离开关西住到这里已经六十年,成了阿伊努人的教父和保护者，后来又成了奥罗克和吉利亚克（Giliak）部落的教父和保护者，这些部落是在俄国重得萨哈林南部地区以后逃到这里的。他游历过满洲里、内蒙古，"一战"前还到过华北地区（骑车）；三十年代跑遍了整个东南亚；十年前又去了意大利、希腊、法国、埃及、黎巴嫩；有生之年还想去一趟阿富汗、高原上的玻利维亚，见见梅德内岛[①]上的因纽特人。不过他已经快八十岁了……不用说，他的朋友、奥罗克部落的巫师一定会借给他一把会飞的扫帚。米村先生，我建议你还是骑上扫帚。

这处墓穴让我想到卢浮宫。我觉得所有博物馆大概都像这里一样：直接连在某位老者的主动脉上，这位老者对这里的所有物品都享有所有权，他摆弄着它们，爱抚着它们，用硅藻泥把它们擦得闪闪发亮，如果它们不幸自毁前程，自有高明的管家把它们修复得比以前还要好看。这样的博物馆———一般都在外地——是能够带来真正赏心悦目时刻的唯一场所，也是潜存着新发现机遇的唯一场所，在做成标本的紫貂和班图（Bantou）盾牌之间，有可能摆放着一只真正的斯特拉迪瓦里（Stradivarius）琴，或许还有能够满足参观者多年心愿的几块招牌、几个药罐，它们对参观者个人具有如此特殊的意义，能让最老实的人也变成小偷。它们的唯一性还在于，由于天生的好记性，由于日子过得杂乱无章，我们没有办法把过去与现在随意割裂开来。就拿图尔尼

---

[①] Île Medny，俄语意思为产铜之岛，位于俄罗斯堪察加半岛以东的白令海附近。——译者注

（Tournus）的格勒兹（Greuze）博物馆来说，楼梯下方摆放着一只画着蓝色图案的粗陶土罐，足有两百年的历史。不知道格勒兹是否就是用它调制的颜料，仔细看了看：不是，这只罐子是看门人的，他用这只罐子装上白兰地腌制樱桃。

照片终于拍完了，管理员走近玻璃柜。

"你看见这下边有什么了吗？"

他抓住布单一角，用力一拽，同时像魔术师那样敬了个礼，那绺白头发也跟着画了一个半圆。布单下面的沙子上有一副完整的人体骨骼，摆着一种沉思而倦怠的姿势，就跟在附近坟头中挖出来的骨骼一样。眼眶、下颌和阴囊中，肱骨和胫骨之间，精心摆放着色彩艳丽的海胆和贝壳。

"你看！身体的忠诚度还是很高的呀！"

"说得没错，可这贝壳？"

"放上贝壳就是为了好玩。"

"再问一句：第一个玻璃柜里那辆漂亮的双座自行车，真是一九一一年的？"

"那车是我的！"

## 二十五　来自千岛群岛的低气压

　　我乘坐的这列火车载着满车刃口瓦蓝、精心涂上油脂并用布包好的砍柴刀和斧头，以及累得脸色发黑的睡客，飞快而笔直地穿行于绿色的夜幕之中，之所以说是绿色的夜幕，是因为长满嫩草的山坡和沿着原始森林开垦的休耕农田刚刚被丰沛的雨水冲刷得一干二净。此时，雨已经停了，咱们也可以趴到车窗上张望一下了：夜色中的这个小站到处都是成卷的绳子、成袋的锯末以及边走边弯腰展开绳卷、打着哈欠互相招呼的人影。有的时候你会赶上今天这样的情形，不管你接不接受，你所看到的只是可怜人在做可怜事，你所搭讪的所有人都摆出一副对你视而不见的神态，他们会默默地从一数到一千，一直到你走开为止，这样的日子简直就像煤烟一般黑暗而毫无价值……我理解，我都理解，我只是一时还不能适应。
　　整整二十四小时，我一直在感受前天晚上蘸醋吃下去的一只大肥螃蟹的美味，那份鲜美，就算我是一只鲨鱼，吃到嘴里的口感也不过如此。就剩两三千日元了,我还得再次渡过津轻海峡返回大岛呢。缺钱没准儿还能让此行增添一点儿新鲜感呢!花钱的目的——除了逛窑子——始终是为了不出任何意外,为了不睡到露天,为了不成为别人的谈资、不被人当作笑料、不在码头工人宿舍中跟他们一起分享跳蚤的骚扰,为了把自己的屁股——我前天因为太累就是这么干的——放到某个包厢内无人占用的丝绒座椅上,出于涵养,对面那些过于腼腆的乘客连一句话都不敢说或者不屑跟你开口。

这里就没有什么丝绒座椅了。这趟火车——一列挂着铜铃铛的火车头在夜色中以闪着珠光的烟尘布撒着花式签名,后面只挂了一节车厢——仿佛是本地的伐木工凭着对书本知识(惯性、摩擦力,Pi=3.14,锅炉压缩冲程)的回忆自己动手造出来的,这些知识曾经救过"神秘岛"[①]的遇难者。刨得过于粗糙的座椅过梁还在往外渗树脂,可怕的是,只要过一个道岔,这一小截原始列车就有可能嘶叫着翻入森林,回到它的出生地……

火车又到站了:仍然是一个深陷困倦的车站。离稚内还远,我今夜肯定是到不了了。由于候车室冰冷难耐,这里又连一处可以坐下来吃点儿喝点儿的地方都找不到,顺着永远灰蒙蒙的海边,能见到的只有黑乎乎的碎煤渣、巨大的伞形花、截成方形堆在一起的树干、野兽洞穴、乌鸦以及孤零零的灯塔,我只好坐到售票窗口里面的站长办公桌上,他好像回他母亲家吃饭去了。他

---

① *L'Île mystérieuse*,法国作家儒勒·凡尔纳的小说。——译者注

手下的售票员一遍又一遍地用算盘计算着当天的收入，嘴里还不停地嗑着榛子，并且分了一半榛子给我。他不时停下来，用脚跟踩开一只"三得利"威士忌旧纸箱，填进一只小小的生铁炉子。计算的间歇，他告诉我，从年初以来，狗熊在通往稚内的这条铁路线上已经吃掉了三头牛、一匹马、一个小学女生，并且袭击了两位农场工人，俩人用木叉把它们打跑了。电台正在转播列岛另一端的一场棒球比赛，可他现在已经顾不上听了，忙着接待一位戴头巾的老太太，老太太的车还有好几个钟头呢，她好像从来没买过往返车票。她很担心，也很固执，对他的回答一句也不听。一定要保证她不仅能去而且能回：她只有等到亲眼看见才会相信（大部分最终能驻足这座"失忆之岛"上的人都不是有意要这么做的）。何况，只是到了最近，他们才敢于奢望拥有这样的一份坚定。通常，他们甚至需要借钱或者乞讨才能凑够出行的盘缠，此外还得想着如何应付"毛人"、野狼、冰山、溜缰的驿站马车、黑死病、曼德兰[①]。这些民间传闻撕扯着港口和车站的神经，即使距离再短的出行也曾经——并且依然——笼罩在其阴影之中。好端端的一家人出门在外一声都不敢吭，女人们拎着捆得结结实实的箱子亲吻着站台上的土地，箱子里塞满面包和洋葱，扭曲的脸上泪水横流，皲裂的粗手拼命挥动着手绢，不是冒着火车头喷出的烟尘，就是向着被醉醺醺的大海吞没的桅杆……

……站长回来了，进门的时候一直摩挲着他的灯笼。他惊愕

---

[①] Mandrin，法国大盗。此处应代指盗匪。——译者注

地看到，在他那个堆满一摞摞看不懂的天书的位子上，居然坐着一个外国人。他犹豫了一会儿，不知道是该勉力表示热诚还是该保持谨慎，跟着马上为这份被我识破的犹豫感到后悔，想到一个让我感恩的办法。他开始打电话帮我询问天气，并举着手指头向我复述。"Ashta ga furi so desu"，昨天下雨，今天下雨，"明天还下"。这是一股来自千岛群岛的低气压。太好了！这个国家雨下得这么少，再怎么说也算得上一件小小的新鲜事。何况我很喜欢这里的环境，它奏不出什么交响乐，只懂得几个音符，却坚持不懈地一再重复。凭着这一点点与我相似的地方，我在这里过得很自在，重新找到了自我，并最终感觉自己完全能听懂这里的人试图给我说明白的那些话。此外，这个车站刚刚让我想到沃州的另一个车站，六七岁的时候，我经常在那儿打瞌睡，晃荡着两腿，脑袋埋进连指手套里，等着运牛奶的火车进站。好吧！你肯定会说，这里的天空这么靠近北极，这么低沉，这里的大海这么张扬，这里的东西这么少，乌鸦这么多，怎么能跟沃州比呢？我说的是桌子上方挂得老高的那只放着白光的灯泡，堆在窗口里面那些用力捆紧的棕色包裹，表盘上每秒分格都宽得像手指的那只圆形大挂钟响亮的嘀嗒声，总之，是经过一番装扮与串通之后最终形成此地氛围的那些细枝末节。因为，那些本没有什么共同点的场所之所以能以幻觉般的、全新的逻辑突然发出共鸣，完全是出于在各种事物之间悄悄建立的联系，而不是事物本身的同一性……

有四个戴着毛皮帽子、被风吹得看不清模样的人刚刚走进候车室，就着昏黑的灯光——这里的电力是由一架风车提供的——读着卷扬机或者纵切锯的修理手册。我在一八九四年出版的《旅行日志》上读到对北海道的描述时所想象的"北方"（土著人的小雪橇、干肉饼）恰恰就是这样，那是一本酒瓶绿的大厚书（那一期的题目叫作"回来"），纸页已经完全磨损，是我在车站等着牛奶火车进站时，那个德国扳道工借给我的。装牛奶的大圆筒，光线模糊的路灯，猩红热，自动音乐播放机上穿短裙的小巧舞女。我那时候也就六七岁……

……稚内的火车明天早上才到。我两肘支在窗口，两手稳稳地托着下巴，打起了瞌睡，像漂浮在记忆洪流中的一截麦秆，记忆中的一切，哪怕是阴影，都已经很体恤地变得微不足道了。

## 二十六　稚内

既然你承认北海道几乎一无所有，那干吗还跟我们说起来没完？

"首先是因为以前从来没人说起过，其次是因为，要想消化掉日本这顿丰盛的大餐，必须学会后退，抽身逃离，比如说，逃到这个少人问津的岛上，尽管这里只以浓雾、马匹、绿草和空旷见长，但这样的空旷让人何等放松啊！"

在稚内，"历史的密度"更确切地说已经被稀释了。

"这里是日本最靠北的一座城市，天气好的时候，站在这里甚至可以看到萨哈林岛上的山脉。冬天，由于对马岛的暖流流经宗谷海峡，这里的港口从来不会结冰。"（一九六二年版日本官方旅游指南。）

一股洋流；提起这座城市的好处，能说的只有这个！只是没有说到，在永远灰蒙蒙的海上，这份"魅力"很难凭肉眼看见。好事成双，恐怕还得加上一条，当你焦虑地追随台风的行进路线时，当地的气象台永远不会掉线。说实话，这座城市真的很不错；我得把"指南"没写到的内容全都补上。

我赶到的时候，这座城市已经完全被七夕祭的彩色灯泡和巨大的纸灯笼装点一新，每年八月七日，这里都会庆祝一年一度的双星节。街道上黑压压地挤满了穿制服的小学生，脸蛋有如门把手般擦得锃亮，肥大的雪橇犬热得吐出舌头，看着锣鼓喧天的庆祝队伍从眼前走过，童子军、体操运动员、市政委员会的官员——人人一套燕尾服——满身汗味，闻上去就像长着燕尾的鳕鱼。

绝对不要错过邮政局，后墙上到处都是充满激情与创意的涂鸦，我很遗憾，无法在这里把它们复制下来。再去趟渔港，尤其是渔港背后那片工地，几百只乌鸦在颜色罕见的沉船残骸里筑了巢，一群年轻的汉子头上系着毛巾，正在用焊灯把所有能保全的东西全都拆下来。我到那儿的时候，将近中午，他们刚在高大的旧船壳之间打完一局棒球。他们给我端来了"choshu"（地瓜酒），酒是装在脸盆里的，大家转圈轮着喝，他们向我坦承，一年来，他们一直在自设公积金，打算有一天坐火车穿越西伯利亚，到欧洲看看。七夕祭这一天是有可能生男孩儿的，节日当晚，想必每位丈夫都会跟自己的妻子做爱：这事儿让人听得够够的，酒吧里坐满了不称职的丈夫，或是面对这份苦差事打了退堂鼓，或是想喝点酒给自己壮胆。我是在一家中餐馆里等候晚上出发的火车的，这里其实也挤满了还没打定主意的酒客。除了因为思乡病发作而着实感到惶恐的广东厨子，所有人都喝得酩酊大醉，异常兴奋。

由于我长得不像美国人,他们把我当成了俄国人(这种过时的非此即彼的思维方式至今在那边还很流行),问我到这座既没有先祖又没有墓地的城市来到底要找什么。我虽然很喜欢日本的墓地,但我同样喜欢这些底层场所,因为在这里一切皆有可能,喜欢这片不再与世隔绝的大海,喜欢这些被人在苍白的阳光下吹着口哨不断擦拭的渔船船壳,尤其喜欢雪橇犬、马匹和乌鸦组成的三位一体。说到"乌鸦"这个词,所有人里醉得最厉害的那位把剩下的半杯啤酒一口喝掉,开始用杯底敲着桌子唱了起来:

Karasu

Karasu

Kansaburo

Oya no on

Wasurenaï yo

乌鸦啊

乌鸦啊

我的宽三郎

你可不敢遗忘

你欠父母的账

京都之行让我长了见识:除非不通人情,否则总得回应点什么。我掏出记事本,写道:

一九六五年夏写于日本北方

自从圣方济各-沙勿略来过这里
北海道的所有乌鸦都学会了拉丁语
一……二……三
它们数着十字架上的钉子
可恶地说着亵渎神灵的言辞
可惜大海是个聋子

这也算是城市？无非是木板，窝棚，钓竿连着钓丝！
但今晚的灯笼比比皆是
从最北端到最南地
灯盏油足火旺，小学生一身黑衣
无不彰显着帝国的统一！

酒馆里的猪肉散发出狗肉的气息
可叹中餐厨子早已远离他的中国故地
他在他切的每一棵白菜中都看到了龙的影子
喝干酒杯，眼神迷离……

就在昨天，他们让旅行者打消了疑虑。

一九六五年于稚内

只是马匹太大了,拒绝走进诗的世界,我只好就此打住。我仰头向天,天色不再由明转暗,一切都发生了奇怪的变化。从半开向厨房的门缝中,我看到里面有一家人正跪坐在一只木桶四周,用小钩子吃光里面的海参。发出一种柔弱而黏糊的声音,听得让人恶心。我的邻座们都已经进入深醉,彻底忘记了浅醉时的状态,那些还能保持浅醉的人则瞪圆眼睛盯着我,其他人脑袋放在小臂上沉沉睡去,上衣袖子吸吮着洒在桌子上的酒液。我听到了我那趟火车的汽笛,我一声不吭,赶紧溜之大吉。这里不仅相当于这个国家的尽头,同时也意味着某件事情的结束。

北海道的意思就是"北海之道"。

## 二十七　灰色笔记本

东京，一九六五年十一月

时不时地，我会突发好奇心，花两顿饭的价钱买一本法国杂志，总想了解一下使用奥依语①的文学创作发展到了什么地步。上次买的那本杂志基本让我觉得物有所值，我偶然看到了一篇署名加斯东·沙萨克（Gaston Chaissac）的文章，这位自学成才者写的东西就像收税员卢梭（Henri Rousseau）画的画一样，只是更笨拙，生活底蕴也丰富得多。文章讲述的是他第一次逗留巴黎后坐火车返回布列塔尼的情形。巴黎让他那么开心，给了他那么多启发，一时间，他所看到的一切都深深地刺痛了他：他逐一描写了进入他包厢的每一个乘客。这场"托马

---

① Langue d'oïl，罗曼语族的一支，通常用来指代法语。——译者注

斯的婚礼"[①]在车厢昏黄的灯光下进行着，看到这里，我的快活程度大概一点也不亚于他当时的快活程度。文字新鲜得有如水灵的芹菜，毫不做作。比如你会突然看到这样一句话："她长得很胖。身上的毛皮大衣半敞着，装土豆的网兜吊在两腿之间，就像给她安上了两只公牛的小睾丸。"整篇文章让我看得很开心，不由得想给加斯东·沙萨克先生写封信，抱着这样的念头，我查阅了一下卷首语，这篇卷首语写得比编辑为他文字赋予的风格要精致得多。

一看才明白，他已经死了。

文中明确指出，他是"疼"死的，得了肺病，死在一所废弃学校的一层，陪伴他的只有一个总想找碴儿跟他吵架的女人。另起一行。不过编辑们——至少这本杂志的编辑——并非不知道他的不幸、他的痛苦以及他那个写满奇异文章的布面笔记本的存在。但他们却听凭这些文字像美食家烹制鸭子般在他的血液中煎熬，听凭它在酿制它的酒桶中发酵，让它的香味变得更加醇厚。人死了，酒也就酿好了。人们买下他的所有佳酿，举办了一场"回顾展"，因为加斯东·沙萨克有时也会把画画在石板上，以及好心人送的旧麻布片上。

天下的交易都是一副德行，但我对此并无怨言，因为我也以很低的价钱买到了加斯东·沙萨克的东西，写得满满的五六页

---

[①] *La Noce à Thomas*，法国作家米歇尔·弗罗盖（Michèl Floquet）所著小说。——译者注

纸，只花了三点五个新法郎，换作今天，这么便宜的好东西肯定立刻就会被人抢走。

可惜，杂志剩下的内容并不是同一个酒桶里酿出来的。不过还是有一首堪称杰作的诗词，开头是这么写的："此地仍嫌平庸。咖啡馆的角落特别人头攒动……"待在咖啡馆里"仍嫌"心烦，从头到尾专心读完后，我可算是明白了。这叫什么法语呀？我知道瓦莱里（Valéry）算得上是一块难啃的骨头，但毕竟还有的啃。再往后看，一位下笔晦涩的诗人在评论中有这么一句话："任何一种思想，只需注视一张白纸，它就会变成书。"真是头号新闻！好在那是您的书，我的书可没这么幸运。

除了上面的正餐，我还发现了很多风格相同的甜食。有用迪多（Didot）体或者加拉蒙（Garamond）体完美剪裁出来的文字版伊夫·圣洛朗西装。有连半克拉都不到的宝石。看完杂志我清楚了，这些当班的专栏作者和诗人全都劳累过度，无论现在还是过去，看书看得都那么不情不愿，对所有书都恨之入骨。我还明白了，竞争残酷，物价高昂，肉铺的大门不好进；保险钱、煤气钱，所有的钱都要交。尤其是煤气：请先交煤气钱！这样你也许就可以设法不交别的钱了。放明白些。

但这真是我最后一次买杂志了。以后，我也要学日本大学生的样子，排着密集的队伍，站在书店里面，就着足以让你气馁得放弃这种做法的灯光现场读书。可任何事都无法让他们心灰意冷，哪怕是圣西门（Saint-Simon）的书，哪怕字体小得只有七号，并且从每一卷到最后一卷全都布满了手指印。

中野区，一九六五年十二月

　　解除了赶紧完工的顾虑，干起活儿来才会更快。中国人尽管态度诚恳，但什么事都是边玩边干，而且从来不会急于干完一件事。如果他们突发奇想，希望用玉石雕出一颗里面套着小球的镂空圆球，他们想得很清楚，必要时，某个儿子或者某个外甥也可以接着完成这项工程。于是他们先从别的活计干起，比如养鸭子，把鸭蛋用土包起来，拿到另一个省去卖掉，路上顺便学习了梵文，或者看见颜色格外合适的棺材就给自己订上一个，最后却掉到上涨的河里淹死了。而此时，那只玉球已经在不经意间完工了，还有很多别的事也是不知不觉地在同一次行动中干成的：一篇阐述道德的论文，或者二十几首一挥而就的诗词，反正找个阴凉处就能写，因为那只竹制文具盒就和鼻烟壶一起很随意地挂在腰带上，有了这种文具盒，就不会把写字当成什么大不了的事，非要与日常生活隔绝开来，而是把笔和烟全都装在同一个袋子里，那里才是真正该放笔的地方。

　　再看看我，不仅单有一间"小书房"、一架打字机，还带着几本专讲各种美德的书，高深的程度挺唬人，因为这些美德我经常想不起来。或许我还应该再做一身制服来给自己鼓劲。面对这一整套器具，力不从心的感觉势必会把我压垮，我总是徒劳地苦苦坚持，除非一句写不出来，否则经常一写就写到天黑。相反，在被人乱写乱画的地铁票上，在那些非要在抬头用法文转上一句"本餐厅冒傻气"（应该是"本餐厅带冷气"）的低档菜单上，或者跟在错过的电车后面狂追的时候,我却能碰巧捕捉到一些思路,就像有人会染上梅毒一样:不用费力,关键是无心插柳。我只对这样的思路感兴趣,但大多数时候这些纸片不是从开线的衣袋中漏掉,就是被小刀裁切后用掉了,或者被汗液把墨水洇开以后再也看不清楚——给我的是上帝,收走的也是上帝,或者被我稀里糊涂地写上我家地址,给了一个永远不可能再见到的大学生。不过,有时掏空衣袋和钱包的时候,还是能挽回一些东西,我白天很有可能采访过一位名教授,或者在无数次搞错地址后找到一所学校拍了一些东西,这些东西让我觉得很稀奇,但其实一点儿也不稀奇(都是寻常所见,只是我不知道),而我唯一的收获就是那张纸片,就是那四五行字。这就是我的工作,除此之外——开会,急于表态,写一些空洞无物、卖弄技巧的文章,做这些只是为了给自己增加点儿厚重感,投下一点儿影子,苟延残喘地活着。

## 二十八　灰色笔记本

路线图，一九六六——一九七○

有人出身牧羊女，却能嫁给国王的儿子，也有人因为业力所致——不管他以前做过怎样的尝试，只能拿着抹布擦一辈子桌子。我是留意了这家"夜间开放"的咖啡馆老板以后才想到这番话的，他的咖啡馆就开在通往长崎的公路边上。他那张阴郁的脸与一块抹布或者一块可能抹过无数滴眼泪、揣过无数只衣袋、泡过无数次洗衣液的手绢毫无二致。他的言谈话语间充满某种疲惫的善意。我还在他的举手投足间看出了那种时刻都在犹疑的痕迹，你要是知识学多了也会这样，还有那种带着乏意的优雅。看得出来，他从前的日子不是这样的，儿时的一切大概都与咖啡壶和液化气的味道无关。他的父母或者老师绝对不会想到，他最终会在这里抹着小柜台、低声下气地过一辈子。出处无所谓，做学生时考试不及格也好，在小学当老师时因为和教育工会吵架而被弃之不用也罢，都不重要。重要的是，这块被他像权杖一样拿在手里的抹布本就是他命里带的，命好命坏都是由生活聚合而成。他对这一点似乎心知肚明，很会知足常乐。当然，他的老板也当得很到位，越过挤作一团的手肘和肩膀，咖啡馆里的每一处都被他尽收眼底，倾听顾客说话时的那种专注程度，即使在谈恋爱时也很少达到过。人们不习惯被赋予如此多的关注，过了没有五分钟，就见他们已经在往外掏心里话了。他则探着头用心听着，时常挥动抹布表示一下赞同；我在想，他这么做究竟要收买的是什么样的人心，他如此渴望看到的到底是人性中怎样的冲动、怎样的怪癖、怎样的贪心？

四国岛，一九六六年五月

除了正宗的圣徒职业，被人亲切地称为空海的弘法大师所从事的职业还包括术士、草药师、路桥工程师、书法家、接骨师和专教穷人的教育家。正是他首编了日本的第一本识字课本（公元八世纪），在我的想象中，他总是像背负建筑木材一般用磨肿的肩膀一个字母一个字母地把他的字母表扛到最远的山村，一直送到那些他渴望教化的老实人手中。很大程度上，可以说他确实获得了成功，因为，尽管日本的书写体系很要命，但它毕竟已经成为世界上识字率最高的国家之一。

不过他可能还是漏掉了一些偏僻的角落，我不会说出具体是哪儿，那里的人们如此粗陋，与其说像其他地方的人，不如说像他们自己煮在锅里或者种在地里的那些东西,比如黑皮萝卜、大头菜,或者刚出炉的面包。而且他们基本上不说话。我的这番论断不含任何贬义成分。

让我做出这种论断的,就是那个旅馆女佣,她向我解释了她此刻所吃的生鱼是怎么来的。她把肥大的屁股从脚跟上轻轻抬起,伸出胳膊比画着"大"的概念,用一种嘶哑的声音高叫着"okina sakana"(大鱼)。如此说来,应该是金枪鱼。个头儿、动物属性都对,而且我感觉就算对自己的亲哥哥她也不可能说得更详细了。再说她根本不是什么坏人,也不是傻子,日子过得也不算苦。说她是粗人倒更恰当。不仅声音粗,脸上的五官也粗,眼睛、鼻子、嘴的轮廓都粗,就像一个孩子胡乱画出来的一样,这孩子很可能被按在那里涂抹了太长时间,对画画这件事彻底失去了兴趣。她的脸蛋又大又红,长着一头卷曲的黑发,嘴里反复咕哝"sakana"这个词的时候就像含着一口嚼不烂的食物。大自然并没为她下太大的本钱,配发给她的表现力也就值三日元,勉强够填满这张小脸,可是她大概吃得太多,把这张脸撑得比老天预计的大得多,本来就少得可怜的那点儿表情在这张脸升级换代以后就彻底丢光了。


## 九州,一九七〇年四月

日本,尤其是日本的夏天,不仅会略微钝化你对周围事物的注意力,而且——在你被十二个钟头的火车纠缠不休的时候——

还会让你觉得那些长着扁鼻子的面孔一直在你身边晃来晃去。不过还是会偶尔涌出一些短暂时刻，感觉跟他们亲如手足。只是必须先从小孩子开始，完全不能考虑大人。

那天早上，在半明半暗的晨光中，在博多的公共汽车站上，在那些粉色和黄绿色的车身背后，有一家汽水店，店里的柜台传出一种充满哀怨和怒气的声音，这声音仿佛来自九泉之下，音量大得足以压过发动机的轰鸣声、人群出行的嘈杂声，以及从被人遗失的包裹周围发出的低声惊叫。原来是汽水店老板插在便携式录音机里的磁带在播放能剧谣曲，他把磁带倒到自己喜欢的地方，边听边等着口渴的顾客上门。听声音就能想象出演员后背弯曲手脚僵硬的身形，迟缓的动作拿捏有度，仿佛即将进入睡眠状态，上身的姿势和蹭地的脚步与那种慢吞吞的咕哝声配合得恰到好处。实际生活中，不管什么地方，也不管什么时候，没人会像在能剧中似的发出这样的声音，做出这样的动作。而能剧就有这种本事，只用一种简单的声音或者动作暗示，就能把你带到另一个世界，带到极乐世界。隔壁卖冰霜的女商贩过来趴到柜台上，漫不经心地给男人相着面。俩人都很兴奋，心思都不在相面上。我们一直试图在演说和讲解中把日本文化描述成襁褓中的婴儿，而正是她在相当程度上表现出的率直和图"一时快乐"的做法，才让这种文化给人留下深刻的印象。那天早上，他俩之间的情形远没到醉心于学问的地步，不足以扼杀这种文化。开往釜山的轮船鸣响了汽笛，音量一度盖过能剧单调的呻吟声。我也重新踏上了旅程。

一九七〇年六月于博多

# 二十九　再见

京都，一九六六年四月

我独自在此地的一所住宅里住了三个月，恢复了元气。与吉卜林的预言正相反，在这所住宅里，东方与西方交汇在了一起。

我来到这处集体住所时，看到了宽敞的单间，看到了图书馆，看到了应有尽有的便利设施，总之，作为一个带家具出租的酒店，这里的条件十分理想，我当时还以为，日本的大学生能从宿舍搬到这里，不定有多高兴呢。大错特错：在我看来，这无疑是一种"最大程度"的自由，可他们却觉得，这里缺少引导，有很多地雷都没有排除。每天早上，我都能在楼梯上看到他们贴出的当天研讨会议程："We mind the pressure of western style thinking"（当心西方思想的影响），我对他们很理解。

我时常会接到一封欧洲来信。

你儿子不愿意再说日语了，可他有时做梦会说出整句日语，说完就会醒来，因为他已经不明白那是什么意思了。他会跑来问我："什么是 ippaï 呀？"（就是很满的意思；孩子吃饱以后就会这么说。）他看到你寄回来的木偶特别高兴，尤其是那个"久太郎"（一个鬼魂），但他却没认出"忍者"。对他来说，日本这个国家已经变得很模糊了：想到时间这么快就抹掉一切我就生气。

别急我的小宝贝：忍者就是一个特别凶恶的高手，他们的眼睛特别好使，眼睛下面全都用黑斗篷罩上，从前的领主用他们当信使、密探或者刺客，去完成那些无法交给武士完成的秘密工作。一个忍者可以跳到相当于自己身长两倍的高度，忍刀的刀法已经出神入化，还能往敌人脸上投掷钢制的星形飞镖，他们宽大的袖子里装满了这种像剃刀一样锋利的飞镖，用打了结的绳子爬到高处的速度比蜘蛛还快。他们可以藏进连一只小羊羔都装不下的柜子里，耳朵贴在柜子上，连最低声的窃窃私语都听得见，刺探到别人暗中的勾当，回去再讲给他们的主人。

从前也像现在一样，这个国家的人一直都活得很隐蔽：所以需要秘密侦察。总之这一行还算好职业，忍者们会到滋贺县（就是你掉到池塘里的那个地方，只不过你不记得了）去学习忍术，为拿到密探毕业证书所花的时间比你现在的年龄都长。就在詹姆斯·邦德开始播放之前，电视上播过一个节目叫"忍者热潮"。这个你应该还记得。

而你呢，伊莲娜，你又加了一句："替我多看几眼京都，我怎么也放不下。"你会放不下京都？你当时在这儿可是经常觉得自己身处外国，背井离乡，失落感很强的呀。记忆的魔力真是奇妙！同样的魔力也会把我们的尸体变成既于人无害又稀有难得的亡灵。现在，这里的一切都让你怀念，那股夹杂在各种气味中的淡淡的哀伤气味已经离你远去，你从记忆的培养库中抽出喜欢的画面，耐心地给它们涂上颜色，不时抬眼看一下欧洲碧绿的草地。书都是这么写出来的。

我很快也会放不下这座城市的，因为它独一无二、令人赞叹……而且我在这里住过。

可我现在待在这里就像一块漂在黑水上的脏抹布，面前摆着刚没过杯底的杜松子酒，放眼望去：整座城市展露在没完没了的冬季里，被融雪弄得又黑又黏，就像被大海冲到岸上的一只硕大的冷血动物。哪怕是在三月这种最糟糕的日子里，它也从来没有显得如此凄凉：一所巨大的学校里到处是顺从又疲惫的学生，到处是影子，到处向外散发出没什么作用又无关紧要的东西，必须把这些东西全都忘掉才能恢复元气。黄种人的头颅充满了谨慎和智慧，而我自己的这颗脑袋则蠢笨无比，总是因为听不懂老师讲课而难过。

今天早上，一位朋友从《耶路撒冷圣经》中为我摘了这么一段：

我又看见地大震动，日头变黑像毛布，满月变红像血，

天上的星辰坠落于地,如同无花果树被大风摇动,落下未熟的果子一样,天就挪移,好像书卷被卷起来……①

  从前,这座城市到处是丝绸,到处是杀戮,到处是被宫廷贵妇驯化以后用作消遣的奇特怪物,到处是画家,他们举着画笔,等待着阳光照出或者大风刮出所画对象的最终形态,包括事物、妄想、失眠,以及吵架时抛出来支持自己观点的宗教经典,还有切实挣脱了死亡的幸福时刻。如今,人们卷起了天空,展开了黑板。传统不再是根源,而变成了盖子,而且盖得很严实。我终日活在一大堆奇人奇事之中,它们的毒性简直能要人的命。离此地不远,天理教每天晚上都会为死了快六十年的女创始人做饭、沐浴。原来京都也搞这一套,在遍地的融雪中,这种葬礼式的假面舞会让我看得比任何时候都清楚。即使是掌管十字路口的小佛小神,平常那么随和、那么仁慈,到这天晚上也会被欺骗与责任的重负压歪嘴,压低头。可我急了:我像个京大(京都帝国大学)持不同政见者一样开了腔。瞧,我现在成了十足的日本人!……今天早上,我也第一次见到这座城市让我关注、让我动心的一面:它让人想到十九世纪欧洲古老而博学的犹太民族,想起莱比锡出版商和图书商那种犹太式加歌德式的学院派头:眼镜架在鼻子上,为各种小事把说好的时间一推再推——我们都明白,毕竟小事是大事之母,而且

---

① 见《圣经·启示录》。——编者注

说话用词美妙,暗含幽默,充满哲理,大事小情无不记得一清二楚,动辄陷入回忆之中;而在这些防卫性的、保证性的、攻击性的言辞背后,则是纯如水晶的无拘无束,是事无巨细的人生忠告,只是我领悟得太差。看来,是时候背起行囊换个地方感受生活了。